Exposée

Djihad 4.0

Premier tome de la trilogie
Exposée
Double feu
Quatorze juillet

Christophe Stener

A Maria,

ma première lectrice

Edition : BoD - Books on Demand
12/14 rond-point des Champs Elysées, 75008 Paris
Imprimé par Books on Demand GmbH, Norderstedt, Allemagne
ISBN : 9782322043477
Dépôt légal : Novembre 2015

1 - Vidéo porno islamiste

La fille gisait nue, allongée sur un grabat, les bras retenus par deux hommes. Son visage, pressé sur le matelas, était tourné du côté opposé à l'objectif de la caméra. Sa tête couverte d'un voile noir tentait de se redresser mais en vain.

La scène était filmée en cadrage serré probablement pour dissimuler le visage des deux hommes qui maintenaient la jeune femme plaquée sur le ventre pendant qu'un troisième homme agrippait la jeune femme par les hanches pour mieux s'enfoncer en elle comme la cognée dans l'arbre.

On entendait l'essoufflement de l'homme travaillant le corps livré, le gémissement de sa victime.

Le cinéaste se déplaça pour zoomer sur le corps de l'homme forçant la femme.

Il la sodomisait.

L'homme prit son plaisir et se retira d'un seul élan, arrachant le voile de la femme, en criant en langue arabe : « Salle Roumie, tu ne mérites pas de porter le hijab. Tu n'es qu'une mécréante !».

La torsion du voile arraché avait tourné le visage de la femme, tordue par la douleur, vers la caméra.

Les deux complices s'écartaient alors.

La caméra faisait ensuite un plan large; on apercevait sur le mur, au dessus du lit, un drapeau noir marqué de la devise de Dah'ech en écriture coufique : la chahada « Il n'y a pas de vraie divinité si ce n'est Allah », au dessus du sceau de Mahomet : Allah, Muhammad, Messager.

Un montage incrustait en fin de vidéo une phrase en écriture arabe cursive que le lieutenant Malik Benamar reconnut comme le verset 15 de la sourate IV An-Nisa, Les femmes:

'Celles de vos femmes qui forniquent, faites témoigner à leur encontre quatre d'entre vous. S'ils témoignent, alors confinez ces femmes dans vos maisons jusqu'à ce que la mort les rappelle ou qu'Allah décrète un autre ordre à leur égard'.

La DGSI avait reçu un signalement de la vidéo postée sur un compte Facebook. Le titre de la vidéo 'Nabilla, la djihadiste sodomisée', un vrai titre de film porno, avait été repérée par le terme djihad du criblage systématique du trafic internet effectué par la NSA. La vidéo étant postée sur la version française de Facebook, le NSA avait transmis le dossier à leur correspondant au sein de la DGSI. Face aux milliers de ressortissants rejoignant les combattants islamistes en Syrie et en Irak, une coordination de plus en plus active des services nationaux de lutte contre le terrorisme islamique générait un flux quotidien de signalements. Malik, jeune lieutenant, affecté depuis six mois au service Djihad de la DGSI, avait été chargé par le capitaine Morel, le chef du service, d'enquêter rapidement sur cette vidéo car elle pouvait, compte tenu de son caractère pornographique, être retirée du jour au lendemain par Facebook qui pratiquait une censure plus rapide des vidéos pornographiques que de celles prônant l'Islam radical.

Malik repassa plusieurs fois la vidéo et écouta à plusieurs reprises la seule phrase prononcée. Fils de marocains, il comprenait les paroles mais le dialecte n'était pas maghrébin, plutôt un parler du Golfe. Il appela son copain Ibrahim, le linguiste du service, qui était libanais, en lui donnant l'url de la vidéo postée sur Facebook. Ibrahim envoya, après une vingtaine de minutes sa réponse : il s'agissait bien d'un dialecte arabe du Golfe, avec une intonation probablement qatari, compte tenu de la prononciation spécifique du thâ' (ث) qui était remplacé par f, et le dhâl (ذ) par un d mais le locuteur était probablement un étranger parlant arabe avec un accent, selon lui, français.

L'hypothèse la plus probable était donc celle d'un français converti ayant rejoint les rangs de Dah'ech, plus habituellement désigné par les média français sous le nom d'Etat Islamique, EI, traduction du nom anglais ISIS : Islamic State of Iraq and Syria.

La vidéo avait été postée sur le compte Facebook d'un combattant de Dah'ech : 'Khaled ben Arich', littéralement traduisible par : 'Éternel, le fil du riche'. Curieux nom, pensa Malik, mais les Français partant au Djihad adoptaient souvent des noms comportant un clin d'œil à leur ville d'origine en ajoutant un i final pour l'arabiser ou un jeu de mots. Khaled, c'était, historiquement, Khalid ibn al-Walid, compagnon du Prophète Mahomet et chef des armées islamiques, et, de manière plus contemporaine, le nom de scène d'un chanteur de raï, auteur du tube Aïcha, mais aussi, Khaled Kelkal, le terroriste algérien ayant commis les attentats de 1995 d'où le choix provocateur de ce prénom, peut-être. 'Fils de riche', probablement un patronyme pas anodin.

Envoyer une demande de coopération à la NSA pour avoir communication de l'adresse IP du créateur du compte au nom de Khaled ben Arich, nota Malik sur son carnet de poche.

La France mettait en place des outils de recherche sémantique sur le web mais notre outil 'SEMIOS' n'était pas encore achevé et la DGSI restait encore très dépendant de la bonne coopération avec le NSA, en particulier pour obtenir des informations des Facebook et autres multinationales américaines.

Malik, était perplexe. L'association, l'accouplement pourrais-je dire, blagua-t-il avec honte, des termes sodomie et djihad devrait être normalement proscrit du vocabulaire de la propagande djihadiste. Facebook n'est pas un de ces sites de pornographie 'ethniques' genre 'FuckBeurette'. Cette mise en ligne était surprenante. Peut-être une provocation ? La vidéo semblait trop réaliste pour être un hoax mais dans la guerre de propagande à laquelle se livraient Etat syrien, mouvements islamistes et services de renseignements, tous les coups tordus étaient possibles. Si Dah'ech mettait en ligne des décapitations immondes pour revendiquer sa prééminence sur les autres mouvements islamistes et attirer des sicaires toujours plus nombreux, pourquoi laisser publier cette vidéo qui devrait plutôt dissuader les jeunes femmes françaises de se les rejoindre ? Certes Dah'ech prônait le Djihad par le sexe en incitant les femmes non mariées à rejoindre leurs rangs pour épouser des combattants et pratiquait le viol et la traite de femmes yazidies mais Malik ne savait que conclure.

Le titre de la vidéo : 'Nabilla, la djihadiste sodomisée' semblait une mauvaise parodie de titre de film porno à trois sous. Nabilla, par référence à la starlette à généreuses prothèses mammaires probablement et parce que cela facilitait l'indexation par les moteurs de recherche; en tous cas, pas le véritable nom de la victime.

Malik rédigea donc une note à Morel pour résumer ses interrogations :

«Vidéo : 'Nabilla, la djihadiste sodomisée '
url de la vidéo : www.facebook.fr/...
Compte Facebook ouvert au nom de 'Khaled ben Arich', 'Eternel le fil du riche'
Photo d'un jeune homme de type caucasien en tenue de combattant (treillis et keffieh)
Vidéo postée : 1er novembre 2014
Durée : 9:05 minutes
5 vues à date
Vidéo postée récemment et très peu vue, ce qui suggère une diffusion sélective de l'adresse : la communication des coordonnées des internautes a été demandée à Facebook.
La vidéo expose une très jeune femme, entre quinze et vingt cinq ans, violée par sodomie par un homme.
Quatre personnes au minimum présentes : le violeur, les deux complices retenant les bras de la femme, le (la)

cinéaste. Age estimé des hommes environ 20 à 30 ans. Type caucasien pour les trois hommes dont les mains sont visibles sur la vidéo.

Cadrage serré de la vidéo ne donnant aucune image du visage des violeurs. Aucun tatouage ou marque significative visible sur le corps des hommes. Le zoom sur la montre de l'un des deux hommes, maîtrisant la victime, une fausse Rolex. Le sodomite porte une alliance dorée à la main gauche.

La pièce où se déroule la scène, semble une pièce nue, sombre, une cave ou un garage dont tout objet signifiant aurait été volontairement enlevé.

Images peu éclairées mais de bonne définition.

Vidéo prétendument islamiste au vu du drapeau de Dah'ech mais vidéo non revendiquée officiellement, à date, par le mouvement terroriste.

Incrustation dans la vidéo du texte du verset 15 de la sourate IV An-ninsa', Les Femmes :
http://islamfrance.free.fr/doc/coran/sourate/4.html

Il ne me semble pas s'agir d'un viol simulé.

L'hypothèse d'une manipulation ne peut toutefois être complètement écartée.

Le violeur s'est exprimé en arabe témoignant qu'il s'agirait d'un châtiment.

Verbatim : « Salle Roumie, tu ne mérites pas de porter le voile, tu n'es qu'une mécréante ».

Dialecte arabe du Golfe, probablement qatari.

La victime est dévoilée à la fin du viol collectif et on aperçoit son visage qui semble caucasien.

Synthèse : vidéo du viol d'une possible française, jugée relaps, par des présumés terroristes de Dah'ech, postée sur un compte Facebook islamiste ouvert par Khaled ben Arich, pseudo arabisé d'un européen converti au djihad

Actions proposées :

Demande de communication de l'IP du compte Facebook et des internautes ayant visionné la vidéo à Facebook s/c de la NSA.

Recherche d'appariement du visage de la fille et de la photo du compte Facebook avec nos base de données et celle des personnes déclarées disparues.

Procès-verbal dressé de cette mise en ligne par nous, Malik Benamar, Officier de Police judiciaire, en date du 2 novembre 2014, versé au dossier du service sous la référence DGSI/2014/11/02/...

2 - Le capitaine Morel

Le capitaine Morel reçut le mail de Malik Benamar dans la soirée comprenant l'url de la vidéo. Intrigué. Malgré l'heure tardive, il visionna plusieurs fois le viol filmé.

Le service était désert et, comme Malik, ce film le surprenait tant il différait des innombrables vidéos djihadistes mises en ligne.

« Une jeune caucasienne violée par trois individus dont un possible qatari et un caucasien marié, occidental à en juger par son alliance (?). Une vidéo montrant la punition d'une musulmane apostat (?) Postée sur Facebook pour que tout le monde puisse la voir. C'est bien une méthode de communication privilégiée de la propagande islamiste mais le contenu de la vidéo n'a rien pour attirer les recrues féminines françaises. Qu'est-ce que cela peut bien signifier ? La vidéo n'était pas excitante, c'est de la pure violence » fut sa première réflexion qui le renforça dans l'idée qu'il s'agissait bien d'un viol et d'une punition.

Il fit un zoom sur la bague de l'homme. L'alliance est une coutume chrétienne, transmise des égyptiens aux grecs, mais rejetée par certains ulémas comme imitée des infidèles même si elle n'est pas, strictement, interdite par le Coran. L'alliance semblait d'or car jaune, en tous cas, pas en acier. Le port de l'or est normalement interdit aux bons musulmans, sourit aigrement Morel, pensant aux princes arabes exhibant leurs Rolex rutilantes qui ne respectaient pas le précepte islamique.

Morel consulta la base de connaissance Islam du service et lut : « Le Prophète, paix et bénédictions sur lui, vit un homme portant une bague en or, il l'ôta immédiatement de sa main et la jeta puis il dit : L'un d'entre vous prendrait-il une braise pour la porter dans sa main... ».

Donc l'homme était probablement un chrétien, ou un homme très récemment converti à l'Islam qui avait conservés des pratiques occidentales. Les réseaux djihadistes étaient peuplés de convertis incapables de lire en arabe le Coran et très rares étaient les prétendus Cheikhs et émis des mouvements terroristes réellement savants en hadiths.

Au surplus, de nombreux musulmans arabes exhibaient des bijoux en or, donc on ne pouvait rien en conclure de certain sur le violeur. Un indice, parmi d'autres.

De jeunes français étaient endoctrinés par la guerre sainte sans avoir jamais lu le Coran. Lui même, devait-il admettre, avait été, dans sa jeunesse frondeuse, dupé par les habits neufs du Président Mao sans avoir jamais ouvert Le Capital de Marx ni mis les pieds en Chine nouvelle. Leurs petits enfants ne connaissaient de l'Islam que la doxa rétrograde des fondamentalistes et les clips déversés par leur propagande sur Facebook et YouTube.

Morel alluma une gitane avec la jouissance d'un interdit. Personne ne viendrait lui rappeler les consignes d'interdiction de fumer à cette heure tardive; ses collègues sifflaient bien du pastis pendant le service, lui pouvait bien s'enfumer pendant ses heures supplémentaires.

« Je rentre tard. Désolé. Ne m'attends pas. Baisers » smsa-t-il à son épouse, en écrasant sa clope et reprenant son analyse de la vidéo.

Donc, quatre personnes, dont trois hommes, probablement quatre, car il était peu probable que le caméraman fut une femme, pas nécessairement tous arabes, aussi bien français, car un seul parlant arabe avec un accent qatari, résuma-t-il.

Le fait que c'était le supposé caucasien converti qui sodomisait la fille méritait une réflexion supplémentaire. La sodomie n'est pas une rareté en Islam, pas plus qu'en Occident chrétien, mais que ce ne soit pas un viol 'classique', n'était peut-être pas anodin. La mise en scène n'avait rien d'improvisé. Pourquoi un seul homme violait et aucun des autres hommes ? Le viol consommé, la vidéo semblait achevée avant la profession de foi islamiste. Pas une gang bang ni une tournante en tous cas. Ou alors, hors vidéo ? Peu probable. La fille avait été châtiée par des européens islamistes pour un méfait non révélé.

La femme était abandonnée, pantelante, salie, exposée, mais vivante. Pour quel sort ? Continuer à servir d'objet sexuel à cette racaille ou être assassinée ensuite ?

Morel ne pensait pas que la fille ait été tuée. La propagande en aurait été encore plus efficace selon les critères aberrants de Dah'ech, qui diffusait des images d'une violence insoutenable. Non, la fille n'avait pas été tuée, mais on pouvait craindre de voir publier bientôt une seconde vidéo de son exécution.

Le visage de la fille était très peu visible mais, en ralentissant image par image, Morel réussit à en faire une capture. L'image était de trois quart; il était peu confiant sur la possibilité d'utiliser le logiciel 'Morpho' de rapprochement numérique avec les photographies des personnes du fichier 'Personnes disparues'. Il lança pourtant la requête sur le serveur de la DGSI. La machine peu chargée à cette heure tardive moulina très rapidement.

Le logiciel analysa l'image de la fille, identifia quelques points significatifs sur le visage : forme du nez, largeur et hauteur du front, taille du crane, écartement et forme des oreilles, dessin du menton, pli et épaisseur des lèvres. Le logiciel lança ensuite automatiquement une comparaison avec la base de visages numérisés.

Morel lança une demande identique pour la photo du jeune homme se faisant appeler Khaled ben Arich puis, pour occuper la demi-heure qu'il estimait de recherche d'appariements, se leva et alla se servir un café instantané au distributeur sur le palier. Il tomba sur Lekernadec, le breton de la section 'Indépendantistes'.

« Encore là, l'apostropha Lekernadec. Ça marche la chasse aux excités de l'Islam ? »

« Couci-couça... C'est pas le gibier qui manque. Ce qui est compliqué, c'est de tirer le gros … » répondit Morel évasivement.

Lekernadec sourit à la vanne et relança l'échange, manifestement content de faire la causette à cette heure tardive :

« C'est plutôt calme chez nous en ce moment. Depuis que les indépendantistes corses sont presque tous passés au grand banditisme, on a refilé beaucoup de filoches à la PJ. On essaie de repérer les derniers Mohicans basques planqués en France; il faut cibler cinquante suspects pour espérer une prise; la routine, quoi... »

« Ouais, toujours l'histoire du grand filet et des petits poissons » fut la réponse conciliante de Morel.

« Allez, on s'y remet » proposa Lekernadec qui, en cachette, jalousait la récente célébrité de la cellule anti-djihad qui passionnait les média. Morel était recherché par les journalistes qui ne franchissaient plus que très rarement la porte de son bureau. Bien sur, ni l'un ni l'autre n'étaient supposés communiquer avec les journalistes, mais cela permettait de faire un peu de désinformation parfois utile, de lancer des leurres, et un bon déjeuner aux frais du prince. La convivialité des RG était dans les gènes des anciens de la DGSI.

Morel tapa le code de la porte sécurisée de la Cellule anti-djihad qui ouvrait sur le palier.

« Navrant qu'on en soit ramené à se protéger les uns des autres, pensa-t-il, mais, depuis que ces cons des Stup' ont fait sortir des kilos de came sous les caméras de surveillance, on n'est à l'abri de rien dans la maison Poulaga. »

Morel fut heureusement surpris de trouver un message clignotant sur sa console :

- Identification 1 : Marie Seclin
- Identification 2 : néant

Il appela la fiche de Marie Seclin à l'écran.

Marie Seclin
date de naissance : 23 Juin 1997 à Marcq-en-Barœul (59700)
adresse : rue de la Rianderie, Marcq-en-Barœul (59700)
Père : Robert Seclin, ancien ouvrier des usines Lesaffre (levure) en préretraite
Mère : Pauline Seclin, aide soignante à la clinique du Croisé-Laroche
Déclarée disparue le 27 octobre 2014 par les parents
Compte Facebook 'officiel' (ouvert 5 avril 2012) url : …
Morel se connecta et regarda Marie sur sa page Facebook publique, une adolescente souriante, trop maquillée. Elle avait posté des échanges, dans le pidgin parlé par les jeunes sur internet, truffé de fautes d'orthographe et d'abréviations sms, sur des starlettes et des people.

Morel ordonna à Malik de voir les parents dès le lendemain. Pour l'heure, il se sentait fatigué et sale des trois heures passées à analyser le viol de cette gamine. Il se demanda s'il allait rentrer chez lui pour se glisser en catimini dans son lit, et réveiller une fois encore sa compagne, ou aller écluser des bières tièdes dans quelques bars de Barbès pour bavarder avec ses indics.

3 - Les parents Seclin

Malik, consulta ses mails sur son portable Samsung en prenant son café avec Madeleine, son épouse. Il découvrit le rapport complété par Morel dans la nuit ainsi que l'ordre d'aller interroger les parents dans la journée.

«Galère ! Il faut que je me tape Paris - Marcq-en-Barœul aujourd'hui ! » râla-t-il à voix haute.

Sa femme qui préparait les céréales de leur fils Omar, âgé de onze ans, la petite dernière Caroline dans les bras, lui demanda, sans illusions, s'il rentrerait pour dîner. Malik essayait de cloisonner vie privée et vie professionnelle, comme deux parties d'un sous-marin, mais il semblait parfois en immersion profonde, pensa-t-elle en filant l'allégorie.

Enfilant son blouson, il embrassa femme et enfants, repensant déjà à la vidéo de la veille.

La fille, cette Marie quelque chose, lui semblait déjà familière. Son esprit évoqua, à sa grande honte, la croupe violentée. Regardant sa femme passer devant lui avec le bébé dans les bras, la formule de Céline : « on a toujours un reste de curiosité pour la chose » lui traversa l'esprit.

Il retira son arme de service qu'il tenait enfermé dans un tiroir fermé à clé par sécurité et hors de portée d'Omar, par ailleurs dûment chapitré, et le glissa dans son holster. Malik détestait les armes à feu mais la consigne était d'être armé pour conduire seul des interrogatoires sur le terrain.

Malik prit le métro jusqu'au Quai des Orfèvres où il se fit délivrer les clés d'une Peugeot 307 de service malheureusement non banalisée mais avec une carte d'essence.

« Super ! Je ne risque pas de passer inaperçu ! » ragea Malik en prenant les clés de la voiture sérigraphiée aux couleurs de la Police nationale.

Sur l'autoroute A1, il mit la radio sur Radio France-Maghreb. Cela lui faisait du bien d'écouter les émissions qui lui rappelaient le pays. Le Maroc c'était aussi son bled car il y avait passé la plupart de ses vacances d'été auprès d'une grand-mère qui ne savait pas lire mais lui racontait des histoires de djinns qui le terrorisaient avec délice. Il ne parlait arabe à la maison que quand il était en tête à tête avec son fils Omar, par respect pour Madeleine, sa femme, catholique non convertie, qui ne comprenait pas l'arabe. L'arabe était devenu une langue de travail plus que celle de la vie courante depuis que ses parents étaient partis vieillir à Fès. Malik ne pratiquait pas. Il n'allait jamais à la mosquée mais il respectait le ramadan, par tradition familiale, sans y réfléchir. Madeleine partageait son jeûne, disant que c'était bon pour sa ligne.

Son père, Mohammed, avait travaillé quarante ans comme OS à l'usine Citroën de Poissy. Sa mère, Achouma, avait fait des ménages puis la bonne d'enfants pour des bourgeois de Saint-Germain-en-Laye. Les deux parents étaient un parfait exemple d'intégration, si fiers de leurs enfants dont l'aîné était devenu officier de police, la cadette, 'Professeur des écoles' comme on appelait maintenant les institutrices et le petit dernier était, au sortir du centre de formation minimes du PSG, parti comme joueur professionnel à Abou Dhabi.

Flic n'était pas sa vocation, pourtant. Il avait fait son droit à Nanterre mais, devant la difficulté de trouver un boulot de juriste d'entreprise avec son patronyme arabe, Madeleine étant enceinte d'Omar, il avait, à contrecœur, présenté le concours d'officier de police. Fonctionnaire, c'était, pour lui, alimentaire, mais, pour son père, prestigieux comme au bled. Après la tournée des commissariats du 9.3, où il avait subi les outrages frustrants de racailles insolentes, il avait eu de la chance. La DGSI, débordée de travail par la multiplication de candidats au Djihad, avait lancé un recrutement ciblé sur les officiers de police arabophones. Il se passionnait dorénavant pour son métier, voulant sauver ces jeunes de l'endoctrinement.

Malik réussit à régler la radio sur la station Wah'Raï et écouta les Cheb du Raï en laissant ses pensées baguenauder. Bien que marocain, il préférait le Raï algérien, aux musiques purement marocaines. Le groupe de Sidi Bel-Abbès, Raïna Raï était son groupe préféré même s'il écoutait aussi volontiers les interprètes marocains de Raï : Mimoun Oudji ou Saïd Mousker, notamment. A la maison, son père écoutait plutôt du chaabi et sa mère, berbère, du amazighe.

Longtemps que je ne suis pas venu dans le Nord, pensa-t-il, en traversant Lille pour rejoindre Marcq-en-Barœul. Coupant la radio, il se mit au travail sérieusement dans le dernier quart d'heure du trajet. Il avait téléchargé la fiche signalétique de 'Personne disparue' de Marie. Au départ de Paris, Il avait appelé le commissariat marcquois pour obtenir quelques informations de voisinage sur les Seclin. Ses collègues ne savaient rien. Ils avaient seulement pris la déposition des parents lors de la disparition de leur fille unique mais le père et la mère étaient 'inconnus des services de police'. Une famille banale, anonyme, jusqu'au départ de Marie. Le Commissaire local, un certain Jacques Lannoy, avait proposé mollement de faire accompagner Malik pour les entretiens avec les parents mais celui-ci avait préféré, sans surprise, les rencontrer seul.

Les parents Seclin habitaient dans un immeuble modeste de la rue de la Rianderie, proche de la clinique du Croisé-Laroche où travaillait la mère de Marie.

C'est le père qui vint ouvrir quand Malik sonna vers onze heures. Malik espérait pouvoir parler une heure avec lui avant que son épouse ne rentre, avec un peu de chances, pour déjeuner. Au pire, il devrait aller lui parler sur son lieu de travail.

« C'est pour quoi ? » demanda d'un ton rogue Robert Seclin en entrebâillant la porte.

« Lieutenant Malik Benamar, de la Police parisienne » annonça Malik qui préféra éviter de s'annoncer comme 'DGSI - Cellule anti-terroriste'.

« Puis-je vous parler ? » ajouta-t-il en présentant sa carte de service.

Le père ouvrit la porte sans faire pourtant encore entrer Malik mais pour le regarder tout entier.

« Vous êtes policier ? De Paris ? »

On entendait dans sa voix la surprise, le doute de voir un policier arabe appartenir à la police parisienne. Pour lui les flics arabes comme les flics noirs faisaient la circulation. Il ne devait pas regarder les séries policières de la télévision politiquement correctes, pensa Malik.

Malik ne répondit pas mais regarda calmement l'homme qui, lentement, finit par s'effacer pour lui permettre de rentrer.

« Asseyez-vous. Si vous venez pour Marie, on a dit tout ce que l'on savait au Commissariat. »

« Merci. J'ai lu en effet le rapport de signalement de la disparition de votre fille. J'appartiens à une brigade spécialisée dans la recherche des personnes disparues. »

« Vous l'avez retrouvée ? »

« Non, mais on a une piste. Ce qui m'aiderait serait que je puisse vous poser quelques questions et voir sa chambre, si vous le permettez. »

« Allez-y; venez voir sa chambre si cela peut vous aider. On a touché à rien. » précisa-t-il utilisant la formule sacramentelle des films policiers pour désigner les lieux de crime.

La chambre de Marie était la chambre banale d'une adolescente. Un poster de Jennifer au mur, une mini-chaîne bon marché, un ordinateur, des fringues voyantes, pas de photos de petit ami.

« Marie avait-elle un petit ami ? » questionna sans ambages Malik.

Cette question intime venant d'un étranger déplut manifestement au père mais, par respect pour l'autorité, il se força à répondre.

« Pas que je sache… Elle avait eu un petit ami l'année dernière, Kevin quelque chose, mais depuis elle passait surtout son temps libre à tchatcher avec ses copines sur Facebook. »

« Vous permettez ? » demanda Malik en s'asseyant devant l'ordinateur et en l'allumant, sans attendre la réponse.

« Vous n'avez pas le mot de passe de son ordinateur, j'imagine. »

« Non. »

« Pourriez-vous me dire quel est votre opérateur d'accès internet ? »

Malik nota la réponse, Free, dans son carnet. L'ordinateur était verrouillé par un mot de passe qu'il serait aisé aux informaticiens de la DGSI de contourner.

« Pourriez-vous me communiquer le nom des amies les plus proches de votre fille ? »

« On voyait parfois la Léa Desumaux et aussi Marlène Kitnik, les parents sont polonais, crut-il nécessaire de préciser, des camarades de classe, venir à la maison. »

« Votre fille était-elle politisée ? »

« Politisée, que voulez-vous dire par là ? On parle pas politique à la maison. J'ai mes opinions, je n'ai pas peur de le dire. Je vote Front national, si vous voulez le savoir mais Marie ne s'intéressait pas à la politique. Sa mère évite de parler politique car, aussi, on n'est pas du même bord. Elle a voté Hollande et ne veut pas reconnaître qu'elle aurait mieux fait de se casser la jambe. »

Robert Seclin avait débité cette tirade tout à trac, avec l'aplomb des timides. Malik comprenait qu'afficher son vote Front national était une manière de lui dire en face qu'il ne l'aimait pas, qu'il n'aimait pas les beurs et que la Police devrait, selon lui, « rester aux Français ».

Malik ne releva pas la provocation mais préféra faire asseoir le père pour lui faire ses révélations. Il attendit qu'ils soient tous deux assis sur les chaises du salon télévision pour livrer la vérité.

« Votre fille s'intéressait-elle à l'Islam ? »

« L'Islam, non… pourquoi l'Islam ?... Marie est baptisée… On est français pas arabes… »

L'assimilation Arabe-Islam était si banale que Malik ne releva pas.

L'ignorance du père était sincère et rien dans la chambre de Marie ne pouvait laisser penser qu'elle ait eu le moindre intérêt pour l'Islam.

« Lui connaissiez-vous des amis arabes ? » questionna Malik conscient de la provocation.

« Des amis arabes ? … Non. Mais allez savoir. Elle était en terminale au Lycée Kernanec, il y a de tout là bas. Des beurs, des blacks, même un chinois ! Je ne pouvais surveiller ses fréquentations. Ce n'est plus une gamine ! »

Curieux comme il parlait d'elle d'un coup à l'imparfait comme si le soupçon qu'elle puisse avoir eu des relations avec des immigrés l'éloignait.

Malik nota le nom du Lycée se disant qu'il devrait aller voir le Proviseur pour avoir la liste des élèves et d'éventuels indices sur des camarades de classe. La plupart du temps le recrutement des jeunes djihadistes se faisait directement par internet mais c'était son boulot de ne négliger aucune piste.

« Monsieur Seclin, nous avons des raisons de craindre que votre fille se soit enfuie pour partir faire la guerre sainte, le Djihad, pour utiliser le mot arabe. Nous ne savons pas où elle se trouve. Ici, en France ou quelque part au Moyen-Orient. »

Le père se tassa sur sa chaise à l'écoute de ces révélations. Le ton calme et compatissant de Malik suffisait à le convaincre de la véracité de cette annonce.

« Votre fille était en vie, il y a encore quelques semaines. Depuis, nous ne savons pas, mais nous la recherchons. »

« Comment savez-vous qu'elle était encore en vie si vous ne l'avez pas retrouvée ? » interpella Seclin.

« Nous avons une vidéo la montrant en vie, vidéo postée il y a quelques jours sur Facebook mais elle a pu être tournée depuis quelques temps donc on ne peut pas affirmer la dernière date à laquelle votre fille était en vie. »

« Puis-je voir cette vidéo ? »

« Oui, mais il faut que je vous prévienne qu'il s'agit d'une vidéo pornographique qui montre votre fille, semble-t-il violée, par des présumés terroristes, en châtiment, déclarent-ils, de sa trahison de l'Islam. C'est une vidéo très dure. Cela nous aiderait pourtant que vous puissiez confirmer l'identification de votre fille. »

Robert Seclin resta, tassé sur sa chaise, essayant de comprendre la masse d'informations stupéfiantes révélées d'une seule tirade par le jeune flic.

La mère rentra à ce moment et découvrant son mari, courbé sur sa chaise, silencieux, face à un inconnu, elle s'écria : « Marie est morte ? »

« Mais non, elle n'est pas morte, ta fille ! Elle est allée faire le Djihad !! » rétorqua hargneusement Robert, rejetant sur sa femme toute sa frustration d'avoir dû répondre aux questions indiscrètes de ce policier arabe et de découvrir que sa fille était à la fois 'une folle de

Mahomet et une putain' comme il avait traduit la révélation. Dans sa tête, tout se bousculait. Bien sur, il avait été contrarié par sa fugue. Comme elle était belle fille, il l'avait crue partie s'envoyer en l'air au Touquet, voire à Paris, avec un homme marié, s'attendant à la voir revenir après quelques semaines. Ce n'aurait pas été la première gamine à se faire emballer en boite. Mais partie avec ces dingues faire la guerre en Syrie, non, ça il n'aurait jamais cru cela possible. Qu'est-ce qu'il allait pouvoir raconter à ses partenaires de coinche au Bar des Sports ?

Il réalisa que sa femme et ce policier étaient en grande conversation depuis un moment.

« ... Non, je ne connais aucune relation musulmane à ma fille… Si, il y a bien Mohamed Fitouni, l'éducateur de banlieue, le 'Grand frère' comme ils l'appellent ici, qui l'a raccompagné quelques fois du Lycée… Elle m'avait raconté qu'il sortait avec une de ses copines et qu'elle le croisait par hasard car il habitait dans la résidence HLM de la rue du Château d'eau. »

Malik fit une note du nom de l'éducateur, enfin une piste utile, et confirma les noms des copines de lycée de Marie. La mère était manifestement plus au fait de la vie privée de sa fille mais ne put préciser le patronyme de Kevin, l'ex petit ami. Elle n'avait pas réalisé la 'dérive islamique' de sa fille mais fournit quelques indications convergentes. Marie, depuis la rentrée ne sortait plus en boite, ne mettait plus de musique dans sa chambre mais se lavait deux fois par jour. Elle avait arrêté la contraception, ne prenant plus ses pilules, déclarant à sa mère qu'elle n'en avait plus besoin et que, de toute façon, cela lui faisait grossir les seins.

Malik décida de parler à la mère de la vidéo de Marie en termes voilés, idiot comme les mots peuvent être obscènes d'un coup, pensa-t-il en pensant au voile de Marie pendant son viol. Il évoqua une vidéo violente montrant Marie, maltraité par des hommes, qui semblaient des terroriste islamistes, mais vivante insista-t-il. Il suggéra que mieux vaudrait que ce fusse le père qui visionnât la vidéo pour confirmer l'identification de Marie.

« Non, je souhaite voir cette vidéo. Vous savez, je travaille comme aide soignante dans un hôpital alors on en voit des choses terribles là bas… Donc, je n'ai pas peur… »

Robert ne disait rien mais il n'objecta rien, manifestement soulagé de pouvoir rester assis sur sa chaise à faire tourner les révélations de ce flic arabe dans sa tête.

Par discrétion, pour éviter l'impudeur du commissariat, Malik proposa à la mère de regarder la vidéo dans la chambre de Marie sur son portable qu'il pouvait connecter sur la ligne internet de Marie. Louise accepta mais demanda d'abord le temps de se préparer.

Ils réalisèrent tous deux qu'elle portait encore son imperméable et des chaussures de ville.

Elle proposa de faire un café. Hospitalité du Nord oblige et manière de retarder un peu la révélation qu'elle anticipait douloureuse.

Louise alla ensuite longuement se laver les mains et le visage comme le font les infirmières avant d'entrer en salle de travail. Puis elle découvrit le corps violenté de sa fille et son regard éteint, blessé, d'enfant. Les larmes coulaient silencieusement sur son visage. Elle serait les mains sur ses genoux pour ne pas gémir. Elle voulait rester forte pour elle, pour sa fille. Elle avait confiance dans ce policier, ce Malik Benamar. La vidéo disparut de l'écran du portable de Malik. Ils restaient tous deux silencieux, les images criminelles dansant macabrement dans leurs pupilles.

Louise prit la main de Malik, l'étreignit avec une force étonnante pour une femme plutôt frêle, et dit : « Vous allez me la ramener, ma petite ; dites, vous allez me la ramener !? »

4 - Le Lycée Kernanec

L'entretien de Malik avec le Proviseur du Lycée Kernanec semblait devoir être sans utilité.

Le Proviseur faisait semblant de chercher dans les comptes-rendus de conseils de classe s'il y était porté une mention particulière sur Marie Seclin mais sa mauvaise volonté à coopérer avec la police était manifeste.

« Non, pas grand chose, ses résultats étaient médiocres mais, à part l'interruption des cours à compter du 22 octobre 2014, rien à signaler de remarquable. »

« Le 22 octobre, dites-vous ? » interrogea, surpris Malik.

«Oui, le 22 octobre » confirma le proviseur après avoir relu sa fiche. On a signalé son absence aux parents, le 25 octobre car ma secrétaire était partie en vacances…»

précisa, sans émoi, le Proviseur « Pourquoi, il y a un problème avec la date ? ».

« Non, non. Juste une précision utile » répondit Malik en notant la date dans son carnet.

« Pourriez-vous me communiquer la liste des élèves de la classe avec leurs adresses ? »

Le Proviseur hésita un instant, puis céda, lâchant : « C'est bien pour vous être agréable. »

Malik parcourut la liste des élèves et identifia les deux 'copines' nommées par les parents.

Les résultats du lycée étaient médiocres. Kernanec pointait au 1710e rang sur 2248 des lycées français en termes de résultats au Bac, lui avait indiqué Google consulté sur son téléphone portable. Un lycée comme il en a des centaines, avec une forte proportion d'élèves issus de l'immigration.

« Vous avez des problèmes spécifiques au Lycée ? Drogue, violence, port du voile,..? »

Malik avait volontairement suggéré plusieurs des maux habituels des Lycées ne voulant surtout pas révéler la réalité du départ de Marie au Proviseur.

« Pas plus qu'ailleurs. » répondit vaguement le Proviseur.

« De toute façon, s'il existait un problème de prosélytisme islamique dans son Lycée, il aurait été le dernier informé » pensa Malik.

Le Proviseur tenta de reprendre la main sur l'échange.

«Vous êtes venu de Paris pour elle ? Il y a un problème particulier ? »

«Non, non ; mais Marie semble avoir fait une fugue et nous avons centralisé les recherches sur les jeunes déclarés disparus à Paris pour être plus efficaces. »

« Je vois sur votre liste des élèves de la classe de Marie Seclin, les noms de Léa Desumaux et Marlène Kitnik. Au dire des parents, ce seraient des amies de Marie, pourriez-vous me dire si par chance, elles ont cours aujourd'hui et si je pourrais les voir ».

La secrétaire du proviseur ayant confirmé qu'elles étaient en cours de philosophie au même moment, Malik lui demanda de bien vouloir les faire appeler dans leur classe pour les convoquer dans son bureau sans préciser qu'il s'agissait de rencontrer un policier.

« On va faire une peu de maïeutique avec ces apprenties philosophes » blagua in petto Malik.

Les deux jeunes filles apparurent après une dizaine de minutes dans le bureau de la secrétaire qui avait fait office d'héraut de la convocation auprès du professeur de philosophie.

Marlène Kitnik entra la première dans le bureau du proviseur, traînant les pieds de cette démarche épuisée des adolescents qui semblent juste tombés du lit.

Le proviseur fit les présentations.

«Bonjour mademoiselle Kitnik. Désolé d'avoir interrompu votre cours de philosophie, mais l'inspecteur de police aurait voulu vous poser quelques questions, si vous le voulez bien, bien entendu. »

La dernière incidente, appuyée lourdement par le proviseur, presque un appel au refus de « parler sans son avocat », trahissait le passé militant gauchiste, même éventé par les années et les responsabilités officielles, du directeur.

Le mâchonnement de Marlène Kitnik s'interrompit un instant pour lui permettre de se tourner vers le visiteur inconnu. Elle penchait légèrement sur la hanche droite dans une pose négligente, paresseuse, sa main couverte de bagues bon marché serrant son précieux iPhone. Les téléphones étaient officiellement interdits en classe mais c'était cool de les arborer en permanence, et puis, il y avait de la fauche.

« J'ai rien fait ! » lâcha Marlène, à tout hasard.

« Je sais » répondit souriant le jeune flic.

« Bon, ce n'était pas pour l'interroger sur l'nième histoire de pétard fumé dans les gogs qu'elle était convoquée. Mais que diable voulait ce jeune flic ? » se demanda la jeune fille.

Malik ne donna pas le temps à Marlène de se reprendre et de renâcler à répondre à ses questions.

« Asseyez-vous mademoiselle, je vous en prie. »

Le proviseur s'assit aussi derrière son bureau, vexé de voir le flic prendre le contrôle de son bureau.

« Etes-vous amie avec Marie Seclin ? »

L'usage de l'indicatif n'était pas anodin.

«Oui. On peut dire qu'on est copine mais elle ne vient plus au Lycée depuis plusieurs semaines. Il lui est arrivé quelque chose ? »

« Ses parents craignent qu'elle ait fugué. Ils sont inquiets donc je rencontre les personnes qui la connaissaient bien. Avez-vous noté un changement dans son comportement, dans ses relations quelques temps avant qu'elle ne quitte le lycée ? »

« Non…». Marlène fit manifestement un sincère effort de réflexion et reprit : «… Si, peut-être. Depuis novembre dernier, elle ne voulait plus aller en boite avec nous et puis elle ne se maquillait presque plus. Quand je lui ai demandé pourquoi elle ne se maquillait plus, elle m'avait répondu que c'était meilleur pour la peau. »

Le proviseur et Malik, sans se concerter, fixèrent Marlène au visage pour noter l'épaisse couche de mascara. « Une vraie apprentie coiffeuse » pensa Malik en se reprochant, aussitôt, cette réflexion médiocre.

« Vous lui connaissiez un petit ami ? »

« Non-on. Elle avait cassé avec Kevin après les vacances et depuis elle était célibataire. Je la voyais bien faire des textos sur son téléphone pendant les cours mais on le fait toutes… Cela pouvait être avec des copines… »

Le Proviseur se raidit un peu dans sa chaise proconsulaire humilié de la révélation des papotages électroniques des élèves pendant les cours.

« Bon ; je vous remercie. »

Marlène partit reprendre la recherche de la sagesse sur l'invitation de l'ancien soixante-huitard.

Léa Desumaux était une grande blonde, très jolie, habillée d'un tee-shirt laissant apparaître de peau nue et de nombril, juste ce que le règlement ne pouvait proscrire. Son jean était comme peint sur sa peau tant il dessinait ses courbes.

« Ces gamines doivent passer des journées à dégotter le jean le plus moulant possible ou alors elles font régime avant de l'acheter » se dit Malik.

Léa fit à peu près les mêmes réponses que sa copine. Elle fréquentait moins Marie depuis que cette dernière était devenue plus solitaire. Quelques indices supplémentaires furent apportés par ses déclarations : Marie esquivait depuis peu les discussions sexuelles, faisant preuve d'une pudibonderie nouvelle. Elle avait aussi avoué « attendre impatiemment sa majorité pour faire ce qu'elle voulait et partir voyager ». Léa n'avait pas bien compris que ce Marie voulait dire par cela et, interrogée s'il s'agissait d'aller faire du tourisme et visiter quel pays en particulier, Marie avait coupé court en répondant que : « oui, du tourisme c'est ça; pour sortir de Marcq-en-Barœul ».

Sur le seuil du bureau du principal, Léa s'arrêta un instant, hésitante : « Il y a bien un truc qui m'avait surprise au sujet de Marie. Mi-octobre, je suis allé faire les vitrines des boutiques de luxe à Lambersart. J'ai aperçu une fille qui ressemblait beaucoup à Marie qui descendait d'une BMW devant le Bistrot du Canon d'Or, le restaurant branchouillé où les bobos vont déjeuner le dimanche. Quand j'ai demandé à Marie à la reprise des cours si c'était elle, elle m'avait répondu agressivement qu'elle n'avait rien à foutre avec les bourges de Lambersart ».

Malik nota l'information sur son carnet.

Le profil de l'adolescente coupant les ponts avec son entourage familial et social était caractérisé. Il y avait fort à parier que l'analyse de ses échanges téléphoniques et internet révélerait une vie occulte très active.

5 - Le Grand frère

Ayant laissé le proviseur à ses prudences, et les copines de Marie à leurs études, Malik saisit dans le GPS de son portable l'adresse de Mohamed Fitouni : rue du Château.

Mohamed Fitouni habitait, à un quart d'heure de marche à pied, dans un bloc d'immeubles de taille moyenne, très propres, manifestement récents. Malik trouva le concierge à qui il mentit en disant être un collègue de Paris, qui avait oublié de noter le numéro de l'appartement de Fitouni à qui il venait rendre visite, passant à l'improviste. Le concierge, un brave homme, ne douta pas un instant en regardant le blouson et le jean de Malik et lui indiqua : « Appartement 56, au 2e étage du bâtiment Mauroy ».

« On est bien en terre SFIO » s'amusa Malik en dépassant le bâtiment Guy Mollet et d'emprunter les escaliers car il était claustrophobe dans les ascenseurs.

Une musique de rap traversait la porte de l'appartement. « Keuf » était la rime principale, le reste incompréhensible.

Malik dut frapper plusieurs fois sur la porte. La musique baissa d'un ton et une voix de femme interrogea à travers la porte : « Qui est là ? ».

Malik fut tenté de répondre en arabe pour jouer sur l'empathie mais le règlement était clair et donc il réitéra : « Police ! Puis-je vous parler ? »

La surprise et la perplexité de la personne derrière la porte était palpable.

Malik n'avait pas ordonné « Ouvrez ! » la formule sacramentelle des perquisitions car il ne pouvait que solliciter un entretien, non l'exiger.

«C'est bien ma chance si Mohamed n'est pas chez lui… Je ne suis pas rentré… » pensa Malik.

Une jeune femme voilée d'un hijab entrebâilla prudemment la porte.

« Lieutenant Benamar, je voudrais parler à Mohamed Fitouni, s'il-vous-plait. »

La jeune femme regarda attentivement la carte barrée de tricolore et répondit après un instant : « C'est mon frère. Il n'est pas là ».

« Savez-vous où je peux le trouver ? »

« Non. Il doit être en train de travailler avec les jeunes de la citée. »

« Avez-vous la possibilité de l'appeler pour lui dire que je souhaiterais lui parler ? »

La sœur prit un iPhone dernier modèle sur le dock qui diffusait le rap instant auparavant et alla s'enfermer dans la pièce d'à côté pour téléphoner.

Malik en profita pour détailler la salle de séjour-chambre à coucher à en juger par le canapé transformable. Une photo de la Kaaba et un exemplaire du Coran ornaient la vitrine Conforama. La photo d'un couple, vieille photo en noir et blanc, de deux maghrébins en costume de mariés, probablement les parents. Pas de télévision ni d'ordinateur visible dans la pièce. Modeste mais propre. L'appartement d'un musulman pratiquant, pas nécessairement d'un terroriste.

Malik perçut quelques bribes de la conversation entre le frère et la sœur. Ils s'entretenaient en arabe avec une intonation algérienne. La sœur expliquait qu'il était un policier beur venu de Paris et demandait ce qu'elle devait faire.

La sœur rentra dans la pièce et proposa du thé à Malik en indiquant que Mohamed finissait une séance de full-contact à la salle polyvalente avec les jeunes et qu'il allait arriver dans une vingtaine de minutes. Malik but son thé sans oser poser une seule question à la sœur qui resta assise modestement, muette, attendant le retour de son frère.

Le Grand frère entra enfin dans la pièce, portant un sac de gym, coiffé d'un sweat à capuchon et arborant des baskets Cash Money de la marque Produits de banlieue. Un costaud, conscient de sa force, qui n'avait pas besoin de rouler des mécaniques. Calme, complètement maître de lui-même.

« Salâm ! » lança-t-il en arabe. Instinctivement, Malik répondit : « as-salamou alaykoum » se reprochant de ne pas avoir répondu en français.

Mohamed, s'amusa visiblement de la confusion du policier beur, et repassa au français : « Vous vouliez me parler ? ».

Malik resta silencieux quelques instants. Mohamed comprit. « Tu veux bien nous laisser seuls » demanda-t-il, gentiment, en français, à sa sœur.

Malik et Mohamed avaient adopté le français sans même se concerter comme langue 'officielle' de l'interrogatoire, car il s'agissait bien d'un interrogatoire; ni l'un ni l'autre n'étaient dupes mais Malik adopta le ton d'une conversation ménageant la susceptibilité de son interlocuteur.

« Vous êtes éducateur, si je ne me trompe ? »

« Exact. Les jeunes nous appellent Grand frère, un peu par dérision, mais le titre officiel est : Educateur médiateur. C'est comme 'Personne malentendante' pour sourd ou 'Personne de petite taille' pour nain, du volapük administratif. »

En fait, nous on évite le terme Grand frère depuis la fin des années Jospin et depuis que la Rachida... Dati... précisa-t-il devant le sourcil levé de Malik... a prétendu que les maires de gauche achetaient les caïds locaux avec des jobs payés par le contribuable.
Mohamed, se remémora Malik, avait un début de casier pour un vol d'autoradio à quinze ans mais après, rien, un parcours apparemment impeccable. Il bossait comme vigile à l'hyper Auchan de Roncq.

« Vous rencontrez des problèmes spécifiques sur votre secteur ? »

«Non, ou plutôt si, chômage est mère de toutes les dérives… Mais rien de très spécial à raconter… Le même taux de petite délinquance qu'ailleurs… Des jeunes qui zonent… De la drogue… Qu'est-ce qui me vaut l'honneur de votre visite ? Je ne pense pas que ce soit les dérives des banlieues nordistes » recadra, sans s'en cacher, Mohamed.

Malik décida de tenter de le prendre à contre-pied en le regardant dans les yeux pour observer sa réaction.

« Connaissez-vous une certaine Marie Seclin ? »

« Marie Seclin… ça ne sonne pas comme un nom beur ou black… plutôt un nom du coin… non je ne vois pas. »

Mohamed n'avait pas cillé et, paradoxalement, cette réponse trop neutre résonnait plus comme une réponse plus préparée que spontanée.

« Pourtant, sa mère vous a aperçu avec sa fille à plusieurs reprises. »

« Des adolescentes qui me parlent, il y en a des dizaines. Je ne les connais pas toutes par leur nom. » esquiva Mohammed.

« Des adolescentes que vous raccompagnez au pied de leur immeuble ? »

« Oui, certaines se font des films avec les gamins qui friment; cela les rassure que je leur service de bodyguard » répondit en souriant Mohamed qui ne cédait rien.

« Donc, vous ne connaissez pas cette jeune fille ? » demanda Malik en présentant à Mohamed la photo de Marie.

Mohamed fit mine de regarder attentivement la photo, le temps de réfléchir à la meilleure tactique à adopter.

« Oh ! Celle là, oui, je la reconnais. Elle habite rue de la Rianderie. J'ai du en effet la raccompagner quelques fois au pied de son immeuble. » répondit calmement Mohamed en rendant la photographie.

L'excès de précision sur l'adresse de Marie trahit le mensonge précédent de Mohamed.

« Vous vous souvenez de ce dont vous parliez quand vous la raccompagniez ? »

La question, volontairement assez périphérique, était comme un mouvement de fausse attaque et d'esquive d'Aïkido que pratiquait Malik pour se détendre et comme technique d'autodéfense.

« Non, pourquoi ? Il y a un problème avec la gamine ? »

Mohamed tentait de reprendre la main en établissant son statut de Grand frère, respectable médiateur de banlieue. Il utilisait le mouvement de son adversaire, technique de judo.

« Bon, on ne va pas passer aujourd'hui au full contact» pensa Malik qui décida que ce petit jeu avait assez duré et qu'il perdait son temps. Le mieux était de briser là et de faire mettre Mohamed sous surveillance sans l'alarmer inutilement.

« Non. Elle a fugué et j'interroge toutes les personnes qui la fréquentaient. La routine… »

« Vous savez, moi, c'est plutôt des petites frappes de quartier dont je m'occupe. Des jeunes qui fuguent, il y en a malheureusement pas mal mais c'est pas mon rayon. Je peux demander autour de moi si des jeunes la connaissaient. Elle s'appelait comment déjà ? Marie… »

« Marie Seclin. Je vous remercie de votre coopération. Toutes informations peuvent être utiles. Je vous laisse ma carte » répondit Malik en lui donnant une carte de visite banalisée qui ne faisait pas apparaître son appartenance à la DGSI.

Mohamed lut attentivement la carte avant de l'empocher dans son jean en faignant l'indifférence.

« Bon. Je vous laisse. Merci pour le thé » ajouta-t-il à l'intention de la sœur qui, par une surprenante synchronisation, était apparu dans la pièce au moment où il se levait.

La poignée de main virile de Mohamed voulait attester de sa franchise et de son énergie. Le genre de poignée de main qu'il donnait aux minots pensa Malik.

Une chose certaine, Mohamed ne portait pas de bague et sa main était plus forte et bronzée que celle de la vidéo.

Malik reprit le chemin de Paris en pensant à cet entretien hypocrite.

« Il a le profil presque trop parfait du recruteur djihadiste qui agit à visage découvert sous un pavillon de complaisance. La sœur est aussi presque caricaturale. Un coupable trop parfait, dirait le Commissaire Moulin, ironisa Malik. Enfin, on va mettre ce Grand frère sous écoute téléphonique et surveillance de ses mails et on verra bien ce qui peut en sortir. »

6 - e-Djihad

De retour de Lille en fin d'après-midi, Malik dut déposer sa voiture de fonctions au garage de la Préfecture de police, perdre une demi-heure à rédiger le rapport d'utilisation du véhicule de fonctions avant de reprendre le métro pour rejoindre le siège de la DGSI à Levallois-Perret afin de taper son rapport.

Malik fit son rapport oral à Morel le lendemain matin. « Frustrante virée dans le plat pays, fut sa synthèse, mais je vais dépouiller ce que le service a récupéré des échanges électroniques de Marie Seclin. »

Sur l'ordinateur sécurisé du service, Malik entra son code personnels à quinze caractères, posa son index sur le pad de reconnaissance digital et dut composer un code calculé à partir du numéro de sa carte de service à partir d'un algorithme qui était changé plusieurs fois par jour. L'accès lui fut enfin donné et il ouvrit le fichier des écoutes envoyé par la section Interception internet de la DGSI.

Depuis la loi Cazeneuve de Juillet 2014, les modalités d'interception du trafic téléphonique et internet des suspects était bien plus rapide. En tant qu'OPJ (Officier de Police Judiciaire), Malik n'avait eu besoin que de l'accord du Juge d'instruction attaché à la Section sur le signalement fait de Marie Seclin.

Impossible de récupérer les conversations faute d'écoute mais l'opérateur téléphonique avait communiqué tous les sms de Marie depuis juin 2014. Malik lança une analyse contextuelle par le logiciel Semios.

Il entra les mots clés : Djihad, Islam et musulman, Syrie et kamikaze, américain, sans grand espoir, mais aussi : sexe, occident, guerre, partir, suicide, sacrifice, amour, et lança la requête.

Grâce au supercalculateur Tera 100 de BULL dont était récemment dotée la DGSI, bécane qui affichait plus d'un pétaflop, le résultat s'afficha en moins d'une minute.

Le rapport d'analyse afficha les résultats de l'analyse du trafic sms en mode graphique. Marie avait eu une pratique de texto qui avait été stable sur la période juin - septembre avec une occurrence significative des mots amour et sexe, une forte décroissance des échanges, ensuite, sur septembre-octobre, sans mots signifiants, suite à sa rupture avec Kevin, analysa spontanément Malik, pour reprendre activement, à compter du début octobre avec de nombreux usages des termes guerre et occident puis s'arrêter brusquement le 22 octobre, date se sa fugue. Depuis cette date, le téléphone de Marie était resté muet.

Malik fit une extraction et imprima les 35 textos échangés en septembre et en octobre comportant les mots guerre, occident et/ou américain et la liste du ou des correspondants.

Le logiciel indiqua qu'il s'agissait de cinq numéro de téléphone différents, successifs, correspondant tous à des cartes de téléphones prépayées. La succession dans le temps des cinq cartes dénotait le stratagème habituel des personnes entrées en clandestinité. Malik savait que les identités fournies par les opérateurs des cartes étaient toutes fausses car déclarées sans aucun contrôle sur internet au moment de l'activation de la carte. Il allait falloir remonter à chacune des cartes via le fournisseur d'accès pour connaître le point de vente. Les terroristes et criminels qui utilisaient des cartes prépayés, pour les plus prudents, les faisaient acheter, dans un point de vente situé dans une gare ou un buraliste ayant un fort débit, souvent à l'avance, et par un compère, donc l'interrogation du vendeur ne donnait que rarement des résultats utiles, mais il ne fallait rien négliger.

Il allait également falloir essayer de récupérer le code interne EMEI du téléphone pour tenter de le repérer sur les réseaux dans l'hypothèse où Marie ait changé, ce qui était probable de puce SIM. Les parents de Marie ayant déclaré que Marie avait acheté son Samsung à la FNAC de Lille, Malik envoya une requête au correspondant sécurité de la Fnac pour lui demander de récupérer les références et l'EMEI du portable.

Si les textos sélectionnés étaient adressés sur cinq numéros différents, ils adressaient manifestement la même personne, un certain « Bisounours ». L'usage de diminutifs infantiles par les ados était habituel y compris par les jeunes en dérive djihadiste car certains demeuraient encore très immatures, s'amusant à utiliser des alias 'humoristiques'.

Il dut traduire, signe par signe, comme Champollion, la sténo de Marie, absconse en première lecture, d'un sms du 10 septembre :
«Bzurs. Rj1 m gar 2130. Atu v IR report tl guerre ? Salo dRic1. »
en :
«Bisounours, rejoins moi à la gare à 21:30. As-tu-vu hier le reportage de la télé sur la guerre ? Salots d'américains. »

Il nota la date du sms et retrouva assez rapidement un reportage de France 2 sur la guerre en Syrie et la polémique sur la décision des américains de ne pas s'engager dans une guerre contre Assad en se satisfaisant du pseudo règlement des stocks de produits chimiques proposé par les russes, alliés de la Syrie, reculade, concédée aux russes critiquait l'expert en géostratégie interviewé qui avait laissé le champ libre à al'Nosra et à Dah'ech, au détriment de l'Armée de libération syrienne, estimait-il.

Malik envoya un mail à la DDSI de Lille pour qu'elle réclame à la SNCF l'accès aux enregistrements vidéo des caméras de surveillance des gares depuis début septembre. Les vidéosurveillances publiques, il le savait, sont supposées devoir être effacées au bout d'un mois mais parfois on les conservait moins longtemps, parfois plus longtemps, cela valait le coup d'essayer. Cela n'aurait pas été la première fois que la DGSI aurait récupéré des vidéos parfois anciennes de près d'un an. Lille comportant six gares, il allait y avoir du travail de dépouillement, pensa-t-il avec lassitude.

Il nota aussi que Bisounours signait ses réponses en clair : « Pagny » !?

Le thésaurus de mots clés du logiciel Bigdata de la DGSI ne proposa aucun appariement sur « Pagny » aussi Malik consigna le mot dans son carnet pour une recherche ultérieure.

Malik alla chercher un café et passa à l'analyse du trafic internet, en espérant qu'il serait plus riche d'indices.

Il consulta tout d'abord le compte Facebook officiel de Marie. Son mur affichait des photos typiques d'ados, elle, seule ou avec des copines, des selfies la montrant le visage arrondi par un cadrage trop serré comme prise avec un objectif fish eye. Des nouvelles du lycée, des ragots repris de la toile sur quelques starlettes et chanteuses… Rien d'utilisable. Sans surprise, les derniers post dataient de début septembre, ensuite plus de clavardage.

Pour retrouver un éventuel compte Facebook occulte, Malik envoya un mail de requête à l'Officier de sécurité de Facebook France en indiquant l'adresse IP de Marie.

Facebook, société américaine, dont les principaux serveurs racine étaient situés aux Etats-Unis, était placée sous la juridiction de l'Etat de Californie donc il était impossible aux autorités françaises d'obtenir la fermeture de comptes ou le retrait de contenus illicites au regard du droit français. La France obtenait des informations utiles aux procédures de lutte contre le terrorisme au titre d'un 'gentleman agreement' passé avec la NSA qui faisait bénéficier de ses informations certains rares services de pays alliés, dont la France. La DGSI adressait également depuis l'intensification du risque terroriste lié aux succès militaires de l'Etat islamique, Dah'ech pour utiliser l'acronyme arabe, directement l'Officier de sécurité de Facebook France ce qui faisait gagner du temps.

Si Marie avait créé un compte Facebook occulte de convertie au Djihad à partir d'un ordinateur en libre service au lycée, par exemple, il serait marron, Malik le savait.

La réponse de la DDSI arriva en fin de matinée. Pas de chance, les vidéos du mois de septembre venaient d'être effacées par la SNCF.

La réponse de Facebook arriva en milieu de l'après midi, un second compte Facebook, au nom de Maryam al-Seclin avait été ouvert à partir de l'adresse IP de Marie.

« Toujours leurs petits jeux de mots » pensa Malik. Marie avait été transposé dans sa forme arabe, Maryam, et son nom de famille était devenu al-Seclin.

On reconnaissait le visage de Marie sur la page de Maryam al-Seclin mais coiffée du hijab de la vidéo, sans aucun maquillage, le regard sérieux. Pas grand chose sur le mur, quelques slogans repiqués du site Inspire animé par AQAP et du site al-Furqan, le média de Dah'ech. Inspire le magazine internet de l'AQAP, à la superbe mise en page, présentait aux jeunes de langue anglaise, un Djihad cool. Des articles doctrinaux d'inspiration sallafiste sur le Coran, mais aussi des modes d'emploi pour fabriquer des bombes artisanales, des interviews de futurs martyrs, le tout écrit dans une langue directe, simple. Marie avait repris quelques formules des éditoriaux d'Adam Yahiye Gadahn, dit Adam l'Américain qui avait repris le rôle d'éditorialiste en chef depuis l'assassinat par un drone américain du fondateur de la revue : Anwar al-Awlaki, surnommé le «Ben Laden d'Internet». Marie avait également abondamment consulté le site d'al'Furqan, l'agence média de Dah'ech.

Manifestement Marie n'avait pas un excellent niveau d'anglais car ses extraits des prêches fanatiques n'étaient pas toujours cohérents et ses rares commentaires témoignaient d'une lecture difficile des logorrhées islamistes.

Un post de Marie/Maryam annonçait triomphalement le 22 octobre : « Ca y est ! Je pars rejoindre la guerre sainte ! Allahu Akbar ! A bientôt sur mon blog !» Depuis plus aucun post.

Le fait que Marie, à la différence des jeunes partis rejoindre les combattants djihadistes en Syrie qui se faisaient une gloire de publier des photos d'eux en treillis, kalachnikov à la main sur décor local, dès leur arrivée en Syrie, n'ait rien posté sur le mur de son compte Facebook depuis l'annonce de son départ, rendait la recherche plus compliquée. Rien ne permettait de savoir si elle était encore en France, en transit ou déjà dans l'Etat islamique.

La recherche des jeunes, déclarés disparus et supposés partis en Syrie, par les proches, sur le numéro mis à disposition par le Ministère de l'intérieur, débutait par un dépouillement des passages aux postes frontières de l'espace Schengen puis l'interrogation de la Turquie qui constituait le principal point de passage.

Dans la mesure où les signalements Interpol étaient émis trop souvent quelques jours après la sortie de l'espace Schengen du suspect, la traque policière était presque toujours malheureusement obsolète sur une piste déjà refroidie. La loi Cazeneuve de novembre 2014 autorisait le retrait des passeports des personnes soupçonnées de vouloir partir rejoindre les terroristes syriens mais n'était bien évidemment efficace que sur les personnes repérées ou signalées par leurs proches. Le succès du prosélytisme islamique auprès des jeunes français, dont plus de 300 étaient partis à fin juin 2014 et près d'un millier à fin 2014, rendait la traque quasi impossible faute de moyens humains suffisants. Seul le dépouillement des informations tirées de la toile grâce aux logiciels informatiques permettait quelques repérages préalables au départ mais les réseaux djihadistes utilisaient à la fois le web visible de tous pour leurs propagande, exploitant la formidable ressource mise à leur disposition gratuitement par les démocraties occidentales, tout en recourant aux techniques de cryptage les plus sophistiquées pour leurs communications internes sur un web occulte. Le recours à des passerelles anonymisant les adresses IP, comme le réseau Tor, était également habituel. Ironiquement 60 % du financement de Tor provenait du gouvernement américain au nom de la liberté d'expression et de la recherche scientifique. Les terroristes avaient appris pourtant à se méfier de Tor car la NSA l'utilisait pour infiltrer des ordinateurs et surveiller le trafic d'éventuels terroristes; ces derniers utilisaient maintenant des Darknets pour échanger entre eux des flux cryptés.

Une grande partie des signalements provenait des familles et des proches sur le numéro vert ouvert, dans une sotte ironie de certains islamologues et experts anti-terroristes, mais ces signalements étaient encore trop souvent ceux de personnes déjà en cours de passage à la frontière turque avec la Syrie.

Marie étant mineure au moment de son supposé départ de France n'aurait normalement pas pu utiliser seule son passeport mais on avait parfois refoulé aux aéroports des jeunes qui prétendaient être majeurs. Certains mineurs, utilisant la pièce d'identité d'un frère ou d'une sœur, étaient passés entre les mailles du filet néanmoins. Marie était fille unique.

Malik consulta la base de la PAF (Police de l'Air et des Frontières) recherchant des éventuels passages sorties du territoire de Marie. Rien.

Il envoya alors un mail de demande de signalement au correspondant de la DGSI au sein du Ministère de l'intérieur turc. Les Turcs, membres de l'Otan, et très inquiets des risques de déstabilisation internes de l'instauration d'un Etat islamique à leur frontière, compte tenu de l'importante minorité kurde sur leur territoire qui voulait aller soutenir leurs frères syriens et irakiens, coopéraient d'assez bonne volonté mais, leur police étant moins bien équipée en moyens électroniques, les informations remontaient souvent tardivement ou partiellement. L'attitude d'Ankara était, en pratique, très ambiguë. S'opposant au passage massif de renforts kurdes vers la Syrie, les turcs laissaient leur frontière poreuse pour la plupart des candidats au djihad en Syrie, ne retenant que quelques personnes expressément signalées par les autorités nationales.

Malik avait pu emmener, avec l'accord des parents, l'ordinateur de Marie et il consulta sa messagerie pour regarder ce que le service spécialisé de la DGSI avait pu découvrir. Contourner les mots de passe était un jeu d'enfants pour les geeks du service. Ils se livraient même à des concours internes pour savoir celui qui irait le plus vite.

Manifestement Marie, assez béotienne en informatique, n'avait pas pris le mal de détruire ses traces de navigation. La liste des sites consultés, les adresses mails et surtout les adresses IP de ses correspondants de sa messagerie Gmail étaient listés dans le rapport du service technique. Une recherche sur mots clés du dump du disque dur faisait apparaître toute une bibliothèque de documents archivés dans un dossier Islam. Il y avait un peu de tout : des copies du magazine Inspire, des recopies du site Al-Furqan, des commentaires du Coran à destination des apprenties converties, des revues de presse sur les crimes des Etats-Unis et de la France au Mali, en Irak, en Syrie… Une liste complète du paquetage à emporter pour le prochain départ. Rien ne manquait au viatique de la nouvelle convertie.

7 - Conversion islamique

Un fichier intrigua Malik.

Le rapport du service indiquait que le fichier était caché dans une archive de jeux vidéo.

Malik lança le lecteur Windows media.

Marie apparut à l'écran en tenue islamique complète, en robe sombre, hijab couvrant sa tête, agenouillée sur un tapis de prière.

Dans son dos, le mur d'une petite pièce blanche, décoré d'un drapeau noir frappé du sigle de Dah'ech. C'était la même pièce que celle de la vidéo.

On apercevait les jambes de deux hommes qui encadraient l'impétrante à genoux.

La voix de l'un des hommes demanda en bon français, teinté un pointe d'accent arabe :

« Souhaites-tu, Marie Seclin, te convertir de ton plein gré à l'Islam ? »

« Oui, je le veux. » répondit fermement Marie.

« Prononce alors la chahada.

Marie attesta alors sa foi en Dieu et en son prophète Mahomet par la récitation, sans hésiter sur les mots, de la formule rituelle :

« *Achhadou an lâ ilâha illallâhou wa achhadou anna mouhammadan rasoûloullâh* »
« *J'atteste qu'il n'y a pas de divinité excepté Dieu, et j'atteste que Mahomet est le Messager de Dieu* »

« Tu t'appelleras maintenant Maryam al-Seclin » annonça, en arabe puis en français, la même voix masculine.

La caméra cadra le visage de Marie/Maryam qui versait des pleurs silencieux de bonheur.

L'homme muet se pencha pour relever Marie et la vidéo fut manifestement coupée au moment où son visage risquait d'apparaître dans le cadre.

L'homme qui s'était exprimé était l'imam, ou à ce qui en avait tenu lieu, mais il était surtout intrigué par la présence silencieuse de l'autre homme. Malik fit défiler au ralenti en faisant plusieurs pauses la brève vidéo. L'un des hommes était habillé d'un jean élégant, probablement un Levis, l'autre portait une sorte de gandoura.

Donc, trois hommes, en comptant le cameraman, dont un imam parlant avec un accent marocain, le même que celui de Malik.

Malik revint une dernière fois, par acquis de conscience, sur la fin de la vidéo. La prudence des témoins de la conversion à dissimuler leur visage suggérait qu'il s'agissait de personnes que les services de police français auraient pu identifier et donc qui probablement résidaient alors sur le territoire. Si la vidéo avait été tournée en Syrie, les bonnes pratiques de propagande auraient été de faire la vidéo dans une mosquée occupée ou sur fond de décor local au milieu de soldats de Dah'ech en tenue militaire et des you-you des femmes de combattants et les sourires des enfants.

Un détail retint l'attention de Malik. On apercevait fugitivement la main de l'homme quand il saisit le bras de Marie pour la relever. Malik zooma sur la main et en fit une capture d'image. Il fit également une capture d'image de la main de l'homme qui sodomisait Marie dans la vidéo puis chargea les deux images sur le logiciel d'analyse morphologique. Le logiciel confirma que les deux mains étaient sensiblement de la même taille.

Détail troublant, les deux mains portaient une alliance en or. Serait-ce le même homme ?

La vidéo de la conversion affichait, comme la vidéo du viol, une résolution HD nota Malik dans son rapport qu'il envoya à Morel.

Minuit trente, déjà. Il était l'heure de rentrer.

8 - Barnum médiatique

Malik reçut dans le métro un sms de Morel sur son portable crypté : « Me voir dès ton arrivée. Merci ».

La vidéo venait d'être repérée par Libération qui avait passé une news sur son site en ligne. En moins d'une heure, les principaux media français avaient relayé la nouvelle. L'url de la vidéo, toujours en ligne, courrait, comme un incendie de broussaille, sur Tweeter. Les journalistes de la presse audiovisuelle et radio courraient après l'information pour le journal de 13:00 et les journaux en continu.

Le Directeur de la DGSI avait été appelé dés potron-minet par plusieurs journalistes. Le cabinet du Ministre Cazneuve voulait une note pour déterminer les « éléments de langage » avant 10:00.

Malik consulta la revue de presse sur la vidéo éditée par les moteurs d'indexation sur les mots 'Vidéo porno islamique'. L'article de Libération sortait en premier à 8:00 sous le titre racoleur : « Une djihadiste française violée en direct ? ». Le Monde avait repris le scoop après un quart d'heure en assumant son rôle de journal d'enquête en taclant au passage son confrère, sans relever le ? pourtant prudent de Libé, en publiant : « Vidéo pornographique islamiste : provocation ou fausse information ? ». Le Nouvel Obs, Mediapart et Huffington avaient suivi dans une seconde vague. Les journaux télévisuels en continu avaient pris le relais dés leurs éditions de 9:00. Malgré la formule habituelle introductive de couverture en cas de hoax : « Selon le journal Libération… », la diffusion de la vidéo pornographique montrant Marie était présentée comme un nouvel exemple de la brutalité des terroristes de Dah'ech.

Déjà, des islamologues pris dans l'urgence de ne pas se laisser coiffer au poteau par un confrère, se risquaient à des commentaires hasardeux. Prudent, Jules Chapelle, Professeur à Sciences Po, pontifiaient en parlant d'une

« dérive sexuelle témoignant du mépris des salafistes pour la femme impie », d' « une volonté, qui pouvait semble paradoxale pour des esprits occidentaux, d'attirer des jeunes filles pour servir de repos du guerrier » et en profitaient pour citer au détour de chaque phrase leur dernier ouvrage qui, comme de juste, avait anticipé cette « nouvelle dérive sectaire ». On interviewait également l'auteur d'un Dictionnaire érotique de l'Islam qui, citant force passages du Coran et d'auteurs arabes et persans célébrant l'amour courtois, se scandalisait vigoureusement de cette perversion. Un commentaire politique retint son attention, celui d'un jeune géostratège, Frédéric Celen, qui constata qu' « une fois de plus les réseaux sociaux occidentaux offerts gratuitement pour le profit des annonceurs capitalistes, servaient de caisse de résonance pour la propagande islamiste ». La Présidente de la CNIL, Isabeau Foulque-Berichon rappelait, cruellement, que le gouvernement français n'avait, juridiquement, aucun moyen d'exiger le retrait d'une vidéo de la part de Facebook, société de droit américain qui s'interdisait toute forme de censure au nom de la sacro-sainte liberté d'expression américaine.

Malik jeta quelques idées dans une note interne recommandant que le ministre : 1/ indique que l'authenticité de la vidéo n'était pas encore certaine et qu'il ne pouvait donc réagir à ce qui pouvait être une provocation 2/ Rappelle les dispositions de la loi de novembre 2014 qui renforçaient les moyens du gouvernement français de lutte contre la propagande sur Internet et, plus généralement, contre le terrorisme. En clair, procrastiner le temps que la DGSI ait pris une position sur l'authenticité de la vidéo. Par une note d'envoi au conseiller du ministre, il suggérait que la DGSI indiquât que la vidéo n'avait été repérée que depuis quarante-huit heures, que l'enquête était en cours et que le service prendrait position sur l'authenticité de la vidéo le plus rapidement possible, mais que, faute de revendication selon les formes habituelles par une source islamiste référencée, il était impossible, à ce stade de se prononcer.

Morel valida la ligne proposée par Malik en lui demandant de faire de cette vidéo sa seule priorité pour les jours à venir. Il connaissait trop bien la difficulté de ce type d'investigation sous la pression médiatique pour ajouter une pression inutile sur son adjoint.

Le cabinet reçut la note sous couvert de Paul Vralac, le Directeur de la DGSI. Le Ministre fit sortir un communiqué via l'AFP reprenant les éléments de langage proposés et attendit que le faisceau du phare médiatique tourne vers une autre actualité.

Les journaux télévisés de la mi journée évoquèrent doctement la vidéo en s'interrogeant doctement sur la question : « Les média doivent-ils tout montrer au nom du droit à l'information ? ». Compte tenu de l'heure de grande écoute et de l'auditoire principalement de retraités des journaux de mi-journée, le caractère sexuel de la vidéo était de toute façon hors ligne éditoriale donc autant laisser cela au journal de 20:00, le temps que la poussière retombe.

La course à l'échalote des média sembla se calmer dans l'après-midi car les rédactions comprirent du communiqué du ministre qu'elles étaient peut-être instrumentalisées par un provocateur et les journalistes retrouvaient sainement la crainte du démenti qui porterait discrédit à leur égard.

De nombreuses revendications farfelues furent adressées aux média. Plaisantins et mythomanes se défoulaient. Certains commentaires soutenaient le châtiment d'une traîtresse à « la sainte cause du Djihad », d'autres dénonçaient « la grossière manipulation judéo-américaine », les frustrés sexuels et/ou politiques se félicitaient du viol de la française voulue partir faire le Djihad.

Malik dut analyser chacune de ces revendications comme on purge une fosse septique. Rien de sérieux dans tout ce fatras. Surtout, aucune revendication du canal officiel de Dah'ech. Ils ne démentaient pas, mais ne revendiquaient pas. Probablement, les communicants de Dah'ech avaient décidé d'attendre de voir comment le scoop proliférait sur la toile pour déterminer la réponse la plus adéquate.

Les mots « Vidéo porno islamiste » sortaient parmi les premiers des indexations lancées sur les moteurs de recherche, réseaux sociaux et Twitter. Les jeunes se passionnaient pour la vidéo. Le compteur de vues sur Facebook s'emballa de moins d'une centaine de vues la veille à plus de 15000 vues dès midi. On se rinçait l'œil à bon compte.

Sur la toile, les commentaires allaient, du conspirationniste attribuant la vidéo à la CIA ou au Mossad, à l'exégète coranique estimant le châtiment mérité si la femme était apostat à l'Islam.

En fin de journée, malgré le buzz sur les réseaux sociaux sur « le cul de la djihadiste », le caractère inédit de la vidéo associant prosélytisme islamiste et pornographie incita les média à la retenue et les journaux de 20:00 préférèrent faire l'impasse et se concentrer sur la soupe habituelle : dérapage langagier du jeune ministre des finances qui confondait peuple français et assemblée du Cac 40, nième blocage des routes par les chauffeurs routiers poussant la flamboyante ministre de l'environnement à aller à Canossa, inondations du Lez…

Malik regarda les journaux télévisés sur son ordinateur puis alla discuter avec Morel. La journée avait été perdue pour l'enquête par les sollicitations des cabinets ministériels. Le ministre des affaires étrangères avait exigé une note circonstanciée, ne voulant pas se satisfaire de la copie de la note envoyée à Beauvau. Une journée, comme ils les détestaient tous les deux, passées à recopier dix fois les mêmes réponses.

La machine à laver médiatique les avait essorés tous les deux.

Morel espéra avec Malik que, le lendemain, l'incendie médiatique serait circonscrit, faute de combustible nouveau, et il lui demanda comment il entendait approfondir l'enquête. Malik répondit qu'il allait tirer trois fils : la piste syrienne en travaillant avec leurs agents sur place, la piste nordiste en retournant sur place et, par acquis de conscience mais cela lui semblait la moins prometteuse, les réseaux de prostitution et sites pornographiques ethniques.

« OK, on fait comme cela. Merci de me faire un rapport quotidien. Je sais que c'est beaucoup de papier mais on les cabinets sur le dos… » répondit Morel.

Au moment où Malik se levait pour quitter le bureau et aller rejoindre ses pénates, une alerte sonna sur son téléphone portable.

« Tu permets ? » demanda-t-il à Morel en ouvrant le message.

« Putain ! » Lâcha-t-il, alors qu'il s'interdisait les jurons, « La fille a été reconnue par une copine de classe du Lycée. C'est la totale ! On va devoir protéger la famille des média avec les élus locaux sur le dos ! ».

Ce qui contrariait surtout Morel et Malik c'est que la DGSI, n'ayant pas confiance dans la discrétion absolue des cabinets ministériels, avait tenu sous silence le fait que la jeune fille avait été identifiée. Les petits marquis des cabinets allaient leur tomber sur le poil.

Twitter chauffait déjà : 'La Djihadiste violée, une française de Marcq-en-Barœul'.

9 - Les élus locaux s'en mêlent

Le premier à se précipiter sur les micros pour faire le journal de 7:00 fut Paul Antoine, le député maire de

Marcq-en-Barœul. Avocat de formation, UMP, il faisait partie de la piétaille des députés anonymes dont la célébrité ne dépasse pas la cellule locale du parti et les goûters des 'petits vieux'.

« Pourquoi les vieux sont-ils toujours petits ? » se demanda Malik. « Petit vieux, petit con, petite bite... », petit était un qualificatif dénigrant comme grand : « grand con ! », « moyen » n'était pas insultant mais peu usité, complexité de la langue française... La pensée de Malik vagabondait un peu, la fatigue probablement, car il avait dormi trois heures. Malik se reconcentra sur la déclaration martiale du Maire sur le site internet de La voix du Nord :

«... La menace djihadiste est là, au milieu de nous ! Les familles françaises sont frappées au cœur par la dérive sectaire de leurs enfants. La propagande menace l'unité républicaine. Le gouvernement doit faire preuve de fermeté, d'encore plus de fermeté. Il est passé, heureusement, le temps où un certain député Manuel Valls s'abstenait lors du vote de la loi de 2012 relative à la Sécurité et à la lutte contre le terrorisme votée par la seule majorité précédente ! La Garde des Sceaux envisage de rétablir l'usage libre des portables dans les prisons !! Où va-t-on ? Nos jeunes garçons sont envoyés servir de kamikazes par des 'fous de Dieu' et nos jeunes filles dans des bordels pour combattants djihadistes. Je réclame plus de moyens de police pour que nos jeunes ne deviennent pas de nouveaux Mehdi Nemmouche... ».

Le député pratiquait, sans pudeur, simplification et amalgame, pour se livrer à des attaques politiciennes mais l'occasion était trop belle de prendre la lumière des média nationaux et le député, qui s'était fait une spécialité des projets de loi sécuritaire, prenait la pose, perdant toute retenue.

La Présidente du Conseil général, ancien Maire de Lille, ancien ministre, Martine Lannoy accorda une interview téléphonique à France info où elle joua l'empathie et la défense du plat pays. « Non, le Nord n'était pas une terre de djihadistes. Certes, le chômage pouvait expliquer la désespérance de certains jeunes mais ne saurait cautionner la dérive terroriste. Les musulmans français, dans leur écrasante majorité, pratiquaient un Islam de tolérance. Elle assurait la famille de la jeune fille de sa complète solidarité dans ces instants difficiles ».

Elle avait failli lâcher « Le Nord n'est pas le 9.3 », histoire d'énerver Charles Pantalone, l'ex Président du Conseil général, qu'elle n'appréciait pas, mais elle s'était, de justesse, retenue.

Le député Paul Antoine comprit, en lisant les commentaires sur le blog de La voix du Nord, qu'il avait fait une boulette en polémiquant sur le plan national et en laissant la carte de l'affectif à sa meilleure ennemie.

Le tout jeune Sénateur FN, David Carel, fraichement élu, se devait de faire entendre sa 'grosse musique'. Juif relaps, il n'avait pas les qualités de tolérance de Spinoza, et se livra à une attaque sans surprise du 'Sarko-Hollandisme', de l'Etat 'UMP-PS' qui « livrait nos banlieues à la voyoucratie islamiste ». Il en appelait à Jeanne Le Ker, nouvelle Jeanne d'Arc pour sauver la France des Sarrazins.

« Bon, c'est presque complet. Il manque la prise de position des Femen sur le viol et on sera au complet. » commenta, à mi voix, déjà fatigué de cette stérile polémique politicienne, et de cette journée perdue pour l'enquête, Malik.

Seule la déclaration conjointe de l'Imam, de l'Evêque et du Rabbin de Lille prirent un peu de hauteur. L'imam de Lille rappelait, en particulier, que le Coran prône le jihâd par le cœur afin de s'améliorer ou d'améliorer la société. Au jihâd par l'épée, forme de combat nullement prescrite comme une obligation islamique, revendiquée par les seuls islamistes terroristes, il opposait le verset 32 de la sourate numéro V, La Table servie :

« Nous avons édicté cette loi aux fils d'Israël : Quiconque tue un être humain non convaincu de meurtre ou de sédition sur la Terre est considéré comme le meurtrier de l'humanité tout entière. Quiconque sauve la vie d'un seul être humain est considéré comme ayant sauvé la vie de l'humanité tout entière !».

Malik rejoignit Morel dans son bureau pour décider des mesures à prendre.

«La communication, ce n'est pas notre rayon, débuta Morel, nous, c'est l'enquête. Laissons les politicards se prendre le poil, c'est leur cour d'école. Par contre, il faut lancer un dépouillement systématique des commentaires sur les blogs. Dans toute cette logorrhée, on aura peut-être un indice. Il faut cibler les groupes se revendiquant de Dah'ech. »

Malik revint dans son bureau se livrer à la routinière et fastidieuse tâche d'analyser les cailloux que la grande trémie du logiciel Semios avait trié à partir du brouhaha internet, ce que les techos de la DGSI appelaient, dans leur pidgin informatique, les 'Big data'.

10 - eTV

Concentré sur cette tâche, Malik fut interrompu par la sonnerie de son portable professionnel. Le numéro affiché ne signifiait rien pour lui. Seuls ses collègues disposaient du numéro du portable sécurisé de service qui cryptait les communications entre eux. Pour ses conversations avec ses proches, il disposait d'un autre téléphone, personnel, dont il avait bridé la géolocalisation pour des raisons de sécurité.

« Lieutenant Benamar ? » interrogea une voix de femme inconnue, environ trente ans, estima Malik instinctivement, française, parisienne, éduquée.

« Qui êtes vous ? » répondit Malik.

« Christina Tenckro, journaliste d'eTV. Puis-je vous parler ? »

« Comment avez-vous eu ce numéro ? »

« Ce sont les parents Seclin qui me l'ont communiqué. »

« Les cons !» pensa Malik. Il avait oublié de leur recommander de ne communiquer ses coordonnées à qui que ce soit. Cela lui semblait trop évident. La bourde !

« Je n'ai rien à vous dire. Vous ne devriez pas avoir ce numéro. »

« Oui, peut-être, mais maintenant, je l'ai. Donc, soit on se parle, soit je fais passer une news sur notre site en déclarant que le lieutenant Benamar de la DGSI se réfugie dans un 'no comment' après son ratage… »

La journaliste avait manifestement débriefé les parents Monteil et découvert le mensonge par omission de la DGSI au ministre de l'intérieur.

Malik savait que c'était une faute professionnelle mais il n'interrompit pas la conversation à ce stade pour aller faire rapport immédiat à Morel. La menace de la journaliste n'était qu'à moitié crédible car les journalistes avaient trop besoin de ménager leurs sources et d'entretenir des rapports de confiance avec les autorités publiques pour balancer ainsi un flic de base pour un scoop de médiocre valeur. Malik réfléchissait à toute vitesse.

« Si vous n'avez aucun commentaires à faire, c'est votre affaire. Le cabinet du ministre Cazneuve sera peut-être plus prolixe » relança son interlocutrice.

Malik et Morel se feraient taper sur les doigts par le Directeur qui les couvrirait, car c'était un type bien, pas un carriériste, mais il détesterait devoir admettre la boulette.

« Je ne peux rien vous dire. Vous comprenez bien que cette enquête relève de la sécurité intérieure et vous n'êtes pas habilitée » objecta, piteusement, Malik.

« Je sais. Je ne cherche pas à avoir accès aux secrets de l'enquête. Je connais les règles. » répondit-elle, patiemment, comme expliquant à un enfant, « mais je suis en charge du dossier Islam à eTV et je serais intéressée à parler avec vous de Dah'ech et des modes de recrutement des jeunes français par les terroristes islamistes. Je ne cherche pas à faire un sujet sur la vidéo. La vidéo est trop 'dégueulasse' pour qu'on puisse en faire un sujet. C'est comme les vidéo de décapitation, on a décidé d'informer sur les décapitations de manière factuelle en évitant tout sensationnalisme qui, nous le savons, vous et moi, sert la propagande des terroristes. Je travaille sur un papier de fond, d'investigation. Je vous promets de ne pas évoquer cette vidéo si vous acceptez de me rencontrer. »

Malik finit par accepter le deal sachant qu'il faisait une 'connerie' se rassurant en faisant fond sur la réputation d'éthique professionnelle de la journaliste. La chaîne eTV, malgré les risques de l'information en continue, dans l'hyper actualité, réussissait à éviter les simplifications trop éhontées. Naviguant en haut de la vague, la chroniqueuse vedette, Christina Tenckro, chaloupait entre les brisants des montages de propagande et les manipulations des extrémistes de tout poil.

La journaliste proposa de le retrouver, une demi-heure plus tard, au Plaza Athénée.

«Ne vous inquiétez pas, c'est moi qui invite mais le Plaza présente l'avantage de disposer d'espaces quasi privatifs où on ne risque pas d'être écoutés et puis cela me permet de regarder quels sont les Princes du Golfe en goguette en ce moment à Paris.

La DGSI faisait aussi parfois la planque au Plaza Athénée pour filer des émissaires qataris soupçonnés de financer des mouvements radicaux, non pas dans l'espoir de les voir rencontrer des agents dormant en France, mais de repérer les intermédiaires, hommes d'affaires, politiciens, avocats, hommes de paille, communicants qui servaient les visées économiques et diplomatiques du Qatar en France mais c'était la première fois que le jeune officier de police aller entrer dans le palace parisien.

La liste des personnalités et anonymes qui venaient s'entretenir avec les qataris dans leurs suites privées formait un vrai Gotha des 'go-between' parisiens. La DGSI avait renoncé à sonoriser les chambres mais par sa surveillance et l'accès aux vidéo surveillances de l'hôtel tenait un journal des entrées et sorties. Les qataris, qui n'étaient pas naïfs, savaient qu'ils étaient surveillés par les services de sécurité français mais, compte tenu de l'importance des investissements qataris en France, dans l'industrie, la finance, les média, le sport… la bienveillance des autorités publiques françaises leur était acquise. Après quelques rodomontades, le Président Hollande avait adopté une 'Realpolitik' comme son prédécesseur honni.

Malik prit le temps de consulter la fiche de Christiana Tenckro avant de partir au rendez-vous. Le visage résolu d'une jeune quinqua blonde au regard bleu s'afficha. Des rides au coin des yeux trahissaient les innombrables nuits de travail, ajoutant à son charme. Une très jolie femme, comme il y en a des dizaines sur le pavé médiatique parisien, qui avait tracé son chemin malgré et grâce aux hommes. Bonne réputation d'enquêtrice acquise au Monde. Mariage puis séparation d'avec un médecin, figure de l'aide humaniste, ancien ministre.

Christina l'attendait assise devant ce qui ressemblait à un jus de tomates ou à un Bloody Mary. Elle se leva souriante à l'arrivée de Malik et lui tendit le bout des doigts comme pour un baisemain ce qui déconcerta celui-ci.

Malik commanda la même chose que Christina, par facilité et curiosité. C'était bien un Bloody Mary.

« Merci d'être venu. Je sais que c'est compliqué pour vous de parler avec nous autres, dangereux journalistes, mais je m'engage à ne pas citer votre nom ni même votre appartenance à la DGSI et de ne parler que de la menace terroriste en général, pas du dossier spécifique de cette vidéo. Cela vous convient-il ? »

En professionnelle, elle posait les règles. Malik acquiesça du regard.

« Pourriez-vous me dire à combien vos services évaluent le nombre de français partis, en partance et revenus de Syrie et d'Irak ? »

« Le ministre a donné des chiffres lors de la discussion parlementaire de la loi de lutte contre le terrorisme, en juillet dernier, donc c'est public. Nous estimions, en juin dernier, à plus de huit cents le nombre de français, dont une trentaine de femmes et une dizaine de mineurs, partis 'faire le Djihad'. Une vingtaine ont été déclarés morts par Dah'ech et al'Nosra. La quasi totalité des français partis faire la guerre ont rejoint les camps des terroristes ; rarissimes sont ceux qui ont rejoint l'Armée de Libération syrienne.»

« Quelle est votre évaluation, à date d'aujourd'hui, du nombre de 'djihadistes français' ? »

« Plus de mille mais nous espérons endiguer les départs grâce aux dispositions autorisant le retrait des passeports contenues dans la loi Cazneuve. »

Leur entretien fut interrompu par l'entrée spectaculaire dans le hall du Plaza d'un homme qui marchait à grandes enjambées, la crinière blanche au vent, le regard d'aigle impérieux. Il faisait son entrée comme Benoît Constant Coquelin dans Cyrano de Bergerac. Cherchant le regard des femmes, scannant le visage des hommes, il adressait à l'un un sourire, à l'autre une poignée de main rapide et confidentielle. Imitant son mentor, Jacques Valette, il gardait la main dans ses deux mains quand il voulait faire croire à une intimité. Sa parade le dirigeant vers les ascenseurs, il lança un regard vers l'immense salon aux lumières tamisées où d'immenses plantes en pot et de somptueux bouquets de fleurs formaient des havres aux regards indiscrets. Il n'aperçut pas la journaliste qui avait ostensiblement tourné la tête à son entrée et continua son vol bourdonnant vers les étages supérieurs.

L'ancien Premier ministre, Jean-Marie de Richepain s'était reconverti dans les affaires. Les Qataris constituaient un fond de portefeuille fructueux à son cabinet d'avocat qui affichait un million d'euros de chiffres d'affaires. « Pas mal, pensa Malik, pour une entreprise unipersonnelle… ».

Il fit une note mentale de l'apparition de l'ancien diplomate, quand, quelques minutes plus tard, «le bel Alexandre », comme on appelait Alexandre Ziad, entra à son tour et prit l'ascenseur rapidement. La journaliste et Malik ne commentèrent pas le rendez-vous conjoint très probable des deux hommes, arrivés séparément, par une discrétion qui ne trompa personne, avec certainement un qatari ou autre prince du Golfe, dans une des suites à dix mille euros la nuit du Plaza.

« Estimez-vous que le risque d'attentat sur le territoire français puisse être prévenu par les mesures de la loi Cazneuve ? » relança Christina Tenckro.

« C'est le type même de question biaisée. » objecta, énervé, Malik.

« Si je vous réponds oui, nous savons, vous et moi, qu'un attentat provoqué par un 'retour du Djihad' est hautement probable, malheureusement. Si je vous réponds, non, cela semblerait un constat d'échec annoncé d'une loi nécessaire. Les attentats, on en déjoue chaque semaine sans que les média en parlent et ce pour la bonne raison qu'on évite d'en parler pour ne pas créer de paranoïa. Il faut reconnaître que le risque d'attentat est aujourd'hui, et malheureusement pour longtemps, compte tenu du retour de français ayant combattu en Syrie, très élevé. L'élévation au niveau d'»alerte Attentat » du plan Vigipirate est la seule mesure publique à prendre car la vigilance de chacun est indispensable. Tout le reste est conjecture.

« Ne pensez-vous pas que la France est désarmée face à la propagande djihadiste sur les réseaux sociaux compte tenu de la coopération réticente des acteurs américains comme Facebook ? »

Manifestement, la journaliste pratiquait sans pudeur les questions provocatrices pour obtenir des réponses forcées. Elle ne croyait pas un instant à l'impossibilité d'obtenir des informations des réseaux sociaux de souveraineté américaine mais elle souhaitait voir confirmée par Malik la coopération effective de la NSA, qui seule avait les moyens de tordre le bras des Facebook et autres Twitter, et de la DGSI.

« Ecoutez, je suis un flic de base. Je n'ai pas à commenter les règles du jeu. On fait avec. Je ne vois pas très bien ce que je pourrais vous dire que vous ne sachiez déjà. Et pour ce que vous ne savez pas, cela relève du secret Défense. Je crois qu'il vaut mieux que l'on en reste là » conclut Malik, en faisant mine de se lever.

« Désolée » bâtit en retraite hâtivement Christina en posant sa main sur celle de Malik.

Décidément, elle ne m'aura rien épargnée » pensa Malik, surpris de cet attouchement.

« C'est vrai qu'elle est encore belle femme mais de là à me faire le coup de la séduction ! »

Il se rassit pourtant.

« Pour vous poser une question qui, je l'espère, sera plus pertinente, est-il avéré que l'auto-radicalisation de certains jeunes ait pris le pas sur les réseaux de recruteurs ? »

« Oui, malheureusement. On est passé d'un recrutement de jeunes en dérive sociale, de petits malfrats notamment, principalement des garçons entre vingt et trente ans, à la subjugation, via la propagande internet des mouvements terroristes, d'adolescents, de tous milieux sociaux, sans attaches religieuses antérieures ni passé délinquant. Avant, la mise sous surveillance des imams radicaux infiltrés par l'Arabie saoudite ou les Etats du Golfe nous permettait de repérer la plupart des suspects, maintenant on n'a souvent rien sur nos radars jusqu'à la déclaration de départ par les parents. C'est pour cela que l'on a mis en place un numéro vert de signalement des jeunes en risque de dérive sectaire pour les proches. Les bonnes âmes et certains média ont rigolé, mais je puis vous dire qu'on a sauvé, grâce à ce numéro, des dizaines de familles. »

Malik consulta sa montre pour signifier à la journaliste que l'entretien était terminé.

« Je vous remercie. Comme convenu, je ne vous citerai pas comme source, ni même votre service pour vous éviter tous souci. Je vous laisse ma carte si, d'aventure, vous souhaitez qu'on se reparle. Je n'utiliserai plus votre numéro professionnel, je vous le promets. »

Malik savait que le mal était fait. Toutes les conversations sur les portables sécurisées de la DGSI étaient archivées. Des enquêtes de sécurité interne étaient faites au hasard sur les agents de la direction et l'inspection interne pouvait lui demander un jour des comptes sur cet échange et l'acceptation du rendez-vous. Avec un peu de chances, il pouvait aussi passer entre les mailles du filet.

Il mettait la carte dans sa poche de veste et saluait silencieusement Christina quand il entendit une voix de femme, avec un fort accent arabe, dans son dos.

«Tiens ! Christina, comment vas-tu ? »

Il se retourna. Une très belle houri avait fait son apparition. Une houri, non, plutôt une amazone. Un hijab, en voile de soie blanche immaculée, faisait ressortir une frange de chevelure jais. De grands yeux verts marqués d'une trace de kohol. Habillée d'une robe trop cintrée pour être pudique, elle souriait à Christina en regardant, du coin de l'œil, Malik. « La princesse arabe des publicités des magazines de classe affaires de Qatari Airways » pensa Malik qui tenta de s'esquiver à l'anglaise.

La jeune femme lui barra, mine de rien, le chemin avec son sac monogrammé Louis Vuitton.

Malik remarqua qu'elle tenait à la main gauche un téléphone portable Vertu, rutilant de vrais diamants comme une chasse d'évêque.

« Amirah, toujours sur la brèche… » ironisa Christina.

« Tu vois. Dure métier que le nôtre. Boire des cocktails dans des palaces avec des beaux inconnus. » appuya la journaliste pour souligner qu'elle attendait maintenant une présentation de son compagnon par Christina.

« Amirah Arhah, la correspondante d'Al Jazzera à Paris » annonça Christina à Malik, poursuivant : « Un ami, tu ne m'en voudras pas de sauvegarder son anonymat mais tu sais ce qu'est le secret des sources… »

« Tu es toujours en charge du Moyen-Orient à eTV ? » demanda Amirah juste pour signifier que la physionomie arabe de son interlocuteur, qui restait coi, ne lui avait pas échappé.

« Oui. Il faut que je t'appelle pour qu'on se parle, mais ne nous en veux pas, on allait partir. Mes amitiés à Cheikh Ahmed Ben Jassem Al-Thami » ajouta Christina pour rappeler, vicieusement, qu'elle avait ,elle aussi, un fil direct avec le patron d'Amirah.

« Je n'y manquerai pas. By, donc ! » répondit gracieusement Amirah.

Christina signa la note et entraîna Malik hors du Plaza.

« Désolée, je ne pensais pas la croiser. C'est une journaliste très brillante mais dangereuse. »

Une gêne s'établit un bref instant entre Malik et Christina que leur fuite comme deux amants surpris ne faisait plus des inconnus. Christina pressa à nouveau la main de Malik dans la sienne et, pour libérer Malik, entra hâtivement dans le taxi hélé par le voiturier du Plaza. Malik rangea la carte professionnelle de Christina où elle avait noté au dos son téléphone portable et son adresse personnelle, dans son portefeuille et rejoignit à pieds la station de métro Alma Marceau.

11- Realpolitik

Ce mercredi matin, Gontran Delarocheposée, le conseiller technique au cabinet du ministre de l'intérieur Cazneuve, appela son camarade de promotion Voltaire, Benjamin Durand-Ruel, son homologue au Quai d'Orsay, dès 8:00.

Benjamin Durand-Ruel et lui avaient milité dans la section du parti socialiste de l'Ena dont le Président en fonctions était alors l'animateur. La promotion Voltaire peuplait maintenant ministères et cabinets par un compagnonnage politique qui faisait gloser les gazettes mais qui relevait de l'urgence d'être efficace, ou de tenter de l'être.

Les ministres étaient en Conseil des ministres et c'était le moment où les conseillers calaient leurs dossiers avant les réunions de cabinet qui se tenaient traditionnellement pendant que les ministres planchaient ou écoutaient leurs collègues à l'Elysée.

« Benjamin, comment vas-tu ? » et sans attendre sa réponse, Gontran enchaîna : « Je t'appelle au sujet de cette vidéo pornographique islamique. Le ministre voudrait accorder ses violons avec ton patron pour traiter la polémique sur les liens entre Dah'ech et le Qatar lancée par Rue 89 et Mediapart à l'occasion de cette vidéo scandaleuse ».

Si les journalistes avaient mis force points d'interrogation dans leurs articles, les blogs enlevaient les points d'interrogation et les questions devenaient affirmations, expliqua-t-il.

« Où en êtes-vous dans l'enquête ? » renvoya Benjamin « Avez-vous identifié les auteurs de la vidéo ? On ne peut pas réagir tant que l'on ne sait pas si c'est une provocation ou une vraie vidéo de Dah'ech. Toujours aucune revendication ? »

« Non. On est dans le pot au noir. La DGSI patine un peu sur ce dossier, je dois le reconnaître. Mais on doit arrêter les éléments de langage avec ce que l'on a. L'ambassadeur du Qatar a appelé le Ministre pour réclamer une mise au point. On est ennuyé car Bercy sollicite le fonds souverain du Qatar Mayapan BV, le fonds privé de l'ex émir Hamad al-Thani pour prendre une participation dans Veolia que la déstabilisation répétée de son PDG par cet énervé de crypto sarkozyste de Henri Grolio qui veut assouvir une vendetta personnelle. On craint aussi un raid d'un fonds vautour américain car l'action a encore perdu 10 % depuis janvier. »

«Je suis au courant. Chadia Vougeot m'a appelé pour me parler de ce dossier. » commenta Benjamin.

Chadia Vougeot était la femme de confiance de l'ex émir du Qatar, Hamad al-Thani, qui venait de céder le trône à son fils Tamin. Elle gérait les investissements personnels de SAR. Son dernier fait de gloire était l'achat du Printemps.

« Ce qui est ennuyeux, c'est le battage autour du sort de cette jeune française, devenue fille de joie pour djihadistes. Les mouvements féministes sont sur le pont. Notre Secrétaire aux droits de la femme s'est cru obligée de se fendre d'un communiqué. On ne peut pas donner l'impression de se désintéresser de son sort. »

« Bon, que suggères-tu ? » interrogea Gontran.

Après un instant de réflexion, Benjamin, dans une formulation impeccablement Sciences Po, en trois parties, énonça :

« Première priorité : dissocier le débat sur l'engagement de la France contre Dah'ech de cette vidéo. Le fait que Dah'ech n'ait pas revendiqué, dés la mise en ligne, en être l'auteur, suggère que les auteurs sont autres. Donc on réitère que la vidéo n'est, à ce stade, pas authentifiée.

Seconde priorité : dissocier le Qatar de cette vidéo. Les déclarations des imams modérés de France qui ont publié leur horreur de cette perversion de l'Islam par cette vidéo abjecte nous permet de jeter sur la vidéo le voile de l'Islam respectable, tolérant, moderne. L'expulsion récente, mais fort opportune, par le Qatar d'une dizaine de Frères musulmans nous arrange. Faisons circuler aussi aux média français les déclarations d'Ahmed Raissouni, le vice-président de l'Union internationale des oulémas qui dénonce cette prétention de l'État islamique de vouloir imposer par la force un califat à l'ensemble du monde musulman ainsi que celles du ministre qatari des affaires étrangères, Khaled Al Attiyah, qui a tenu à rappeler que non seulement le Qatar ne soutient, en aucun cas, le terrorisme, mais qu'il souhaite jouer un rôle de médiateur dans la résolution des conflits.

Troisième priorité : identifier les auteurs de la vidéo, mais cela c'est de ton ressort. Vous pourriez faire un communiqué indiquant que tous les moyens sont

mobilisés bla-bla-bla et que nous faisons tout pour retrouver la jeune française, et cætera...
Cette ligne te convient-elle ? »

« Cela me parait bien. Peux-tu m'envoyer une note dans le sens des deux premiers points en copiant le responsable de la communication et le directeur de cabinet du ministre ? Je vais évoquer le point à la réunion de cabinet de ce matin. » Après une brève pause, il poursuivit : « Sur un autre sujet, sais-tu où nous en somme dans la vente des Rafale au Qatar ? C'est énervant, le dossier est traité en direct par le Conseiller diplomatique du Président et c'est le blackout complet ! »

« Sur les Rafale, je suis comme toi, dans le bleu. Pas de nouvelles, bonnes nouvelles ? A mon avis, cela avance, sinon le cabinet du Président nous aurait déjà associés à un échec annoncé, en tous cas, ça grenouille. Alexandre Ziad, l'âme damné de Jean-Marie de Richepain a demandé à me rencontrer pour m'expliquer, j'imagine, comment il peut aider à la conclusion du dossier... »

Le sujet de la vidéo réglé, et les sujets d'actualités visités, les deux camarades s'abandonnèrent au délice du papotage caustique.

« Tu connais le dernier surnom de Pépère ? » interrogea Benjamin.

Benjamin et Gontran étaient assez intimes pour s'autoriser à blaguer en confiance entre eux sur le Président.

« Non ? »

« Harry »

« Pourquoi Harry ? » dût demander, après un instant de réflexion, Gontran, un peu vexé de ne pas avoir trouvé la réponse.

« Parce que le bouquin de soi-disant révélations sur leur vie intime par son ex, se vend mieux que les aventures d'Harry Potter ! »

« Pas mal pensé, mais vachard. Au fait, tu l'as lu le bouquin de l'Erinye ? »

« Erinye, comme tu y vas; ce n'est qu'une femme répudiée et son opus, une confession people mal écrite par un nègre. J'ai lu le début. Le style est affreux. »

Benjamin, normalien et énarque, ambitionnait, comme nombre de diplomates, d'être le nouveau Claudel ou

Saint-John Perse. Il avait réussi à publier sous le nom de plume, en forme d'acronyme, de Benjamin de Laudrun un roman situé pendant la guerre de l'opium et la guerre des Boxers dont il avait remis un exemplaire à son ministre avec une dédicace que n'aurait pas renié un auteur courtisan du XVIIIe siècle.

« Bon. Je te laisse. Il faut encore que je rédige quelques notes avant la réunion de cab'. Viens déjeuner à l'occasion Place Beauvau. Le cadre est moins beau que le Quai mais la chair meilleure. »

« Volontiers, mais je ne suis pas d'accord sur ton appréciation de la cantine des affaires étrangères. »

12 – Al Jazzera

Malik dépouilla toute la matinée les revendications de la vidéo ainsi qu'une sélection de commentaires publiés sur les blogs.

Rien d'intéressant. L'habituel défoulement d'internautes. La thèse du complot du Mossad, de la manipulation de la CIA, de la blague de potaches, de la vraie vidéo porno,... toutes les rumeurs circulaient à coup d'insultes et d'anathèmes. Le buzz continuait. Les voyeurs donnaient une note à la nouvelle Yasmine comme sur les sites pornos en ligne.

Trois communiqués rédigés en arabe méritaient d'être vérifiés et Malik envoya les url au service chargé de récupérer les adresses IP et, si possible, le nom des émetteurs.

Il allait partir déjeuner à la cantine de la DGSI quand il reçut un appel du standard du service.

«Une certaine Amirah Arhab qui dit être journaliste à Al Jazzera souhaiterait vous parler, je vous la passe ? »

Malik jura de la maladresse du standard. On avait du encore leur mettre un jeune agent surnuméraire en remplacement d'un agent du service car normalement, le standard ne devait jamais passer d'appels extérieurs, seulement noter les numéros à rappeler, mais jamais reconnaître qu'untel appartenait au service.

« Dites lui qu'il n'y a pas de Malik Benamar à la DGSI et qu'elle fait erreur. » ordonna-t-il donc sèchement au maladroit.

L'intercom sonna à nouveau.

« Quoi encore ? » demanda impatiemment Malik qui sortait du bureau.

« Elle dit vous avoir rencontré hier au Plaza… »

« Si cela continue, elle va appeler le Directeur général…» pensa, avec ennui, Malik qui dut se résoudre à la prendre au téléphone.

« Bonjour. Comment allez-vous ? » demanda la voix un peu rauque d'Amirah.

« Comment avez-vous eu ce numéro ? » répondit, d'un ton rogue, Malik.

« Le téléphone de la DGSI est dans l'annuaire. Comment j'ai eu votre nom est la bonne question, mais je suis comme Christina, je ne peux pas donner mes sources. » répondit, sans perdre son timbre amical et presque intime, la voix de la journaliste.

« Que me voulez-vous ? »

« Rien; seulement vous inviter à déjeuner. »

Malik imaginait les divers biais par lesquels la journaliste avait pu le repérer. Il écarta assez rapidement l'idée que la journaliste d'eTV l'ait nommé. L'hypothèse d'une taupe dans le service était peu plausible car celle-ci n'aurait pas pris le risque de se révéler pour un bénéfice aussi mince. Restait un physionomiste des services de protection rapprochés du Qatar qui planquaient dans le hall du Plaza et qui aurait recoupé une base de données d'agents de la DGSI. Comment ils avaient pu constituer une base de données restait inconnu mais rien n'empêchait de mettre une caméra dans un véhicule banalisé à la sortie de l'impasse conduisant au bâtiment de la DGSI et de faire un recoupement.

« Décidément, c'est leur manière d'enquêter à ces journalistes de luxe : apéritif ou déjeuner. »

Malik espéra se débarrasser d'Amirah comme il avait fait de Christina la veille, en douceur.

« OK, où ? » répondit-il d'un ton contraint.

« Dimanche, dans une loge VIP, à l'occasion du Grand prix de l'Arc de Triomphe. » intima, plus qu'elle ne proposa, Amirah.

« Vous n'auriez rien de moins glamour et de plus discret à me proposer ? »

« Non, non. Vous verrez ce sera très discret. Je vous fais porter le carton dans la journée avec le badge pour accéder par l'entrée VIP. Il y a beaucoup de gens qui viennent pour se faire voir au Prix de l'Arc de Triomphe mais autant qui viennent pour voir courir leurs millions sans vouloir être dérangés par les paparazzis.

13 - Prix de l'Arc de Triomphe

Malik mentit à son épouse en prétextant une remise de décoration à la veuve d'un collègue assassiné en mission pour mettre son costume le plus élégant et s'absenter un dimanche.

« La cérémonie à lieu à Nantes. Je serai parti toute la journée. Cela m'ennuie car j'aurais aimé assister au match de hand-ball d'Omar mais Morel a été désigné avec moi par le patron pour représenter le service. On y va en voiture. Je serai rentré pour dîner. »

Il embrassa son fils Omar qui faisait la tête et son épouse qui avait appris à vivre avec les contraintes de service de son époux.

Ce dimanche 9 novembre était radieux.

Malik prit un taxi pour se rendre à Longchamp. D'habitude, il ne circulait qu'en métro ou en voiture de service mais il se sentit obligé d'arriver en taxi à l'entrée VIP du Prix de l'Arc de Triomphe.

«Idiot ! » pensa-t-il « Avec l'argent du taxi, j'aurais pu emmener le petit au cinéma ».

Cette réflexion et la culpabilité de son mensonge à Madeleine, son épouse, le rendait furieux contre la journaliste de la chaîne qatarie. L'impression de commettre l'adultère ne le quittait pas; jamais il n'avait ainsi menti à sa compagne.

Un ballet de Maserati, Porsche Cayenne, de Mercedes siglées Qatar Prix de l'Arc de Triomphe, réglé par des voituriers, déposait des personnalités à l'entrée. La plupart se dirigeaient sans hésiter vers le contrôle à qui ils montraient négligemment leur carton. Quelques gros bras, sanglés dans des costumes trop étroits, assuraient la sécurité. Malik dut passer sous un portail détecteur de métaux comme les autres et se félicita de ne pas avoir pris son arme de service. Il se sentait mal habillé au milieu de ces hommes aux costumes Dior ou Armani taillés sur mesure et aux chaussures Berluti ou Weston. Les femmes portaient d'extravagants chapeaux et des bijoux qui semblaient faux tant ils étaient fastueux.

L'hôtesse, une étudiante aux allures de mannequin, lui remit un sac élégant contenant, minauda-t-elle, le programme des courses, un porte-clefs représentant un Arc de triomphe daté et doré à l'or fin et une paire de jumelles. Les hôtesses parlaient français, anglais, russe, japonais, arabe avec la fluidité et l'aisance des portiers des palaces. Son hôtesse le remit dans les mains d'une seconde beauté qui l'escorta, comme au théâtre, dans sa loge. Malik s'énerva de réaliser qu'il n'avait pas prévu de pourboire mais il se rassura en voyant que les autres invités prenaient possession de leur espace privatif sans mettre la main à la poche.

La loge était déserte quand il entra. Il fut irrité de ce que son hôtesse ne fut pas là pour l'accueillir mais, consultant sa montre, il réalisa qu'il avait vingt minutes d'avance sur l'heure suggérée sur le carton.

«En plus, j'ai l'air d'un provincial. » commenta-t-il pour lui même.

Le champ de course de Longchamp s'étalait à ses pieds. La foule emplissait déjà les tribunes à la droite et à la gauche des loges VIP. Deux verres à champagne et une bouteille de Cristal Roederer dans un seau à glace étaient disposés sur la table d'un petit balcon qui permettait de regarder la course à l'extérieur avant de regagner la loge pour la collation.

Amirah entra d'un pas pressé dans le salon, probablement prévenue de l'arrivée en avance de son invité.

« Désolée, désolée. J'ai du boucler un papier avant de partir. Je suis en retard. Vous avez trouvé sans problèmes ? » ajouta-t-elle inutilement.

« Oui, merci. »

« Asseyons nous sur le balcon pour prendre l'apéritif, si cela vous convient; les courses vont débuter dans une dizaine de minutes. On aura d'abord quelques courses d'étalons et de jeunes juments avant le Qatar Arabian World Cup qui départage les meilleurs purs sangs arabes et, enfin, le clou de la journée Le Qatar Prix de l'Arc de Triomphe » débita, tout de go, très professionnelle, la journaliste.

Amirah prononça les mots étalons et juments en arrondissant ses lèvre botoxées ce qui rendit, un instant, son visage obscène ou bien était-ce un phantasme, se demanda Malik.

Comme sorti de la lampe d'Aladin, un serveur apparut avec des canapés au caviar et servit le champagne.

« Au fait, vous aimez le sport hippique ? »

« Pour parler franc, je n'y connais rien mais je ne pense pas que vous m'avez invité en tant qu'expert hippique. »

« Non! » rit la jeune femme en buvant son champagne « Je vous ai invité pour votre conversation mais, regardons les courses si vous le voulez bien, moi j'adore le galop. »

Les vingt juments s'élancèrent pour le gain du trophée : un Arc de Triomphe en argent massif mais surtout pour la réputation de ce prix qui faisait des vainqueurs des reproducteurs valant des millions d'euros et de leurs propriétaires des célébrités.

14 - La danse des sept voiles

La jument Trêve, propriété de Cheikh Joaan Al Thani, remporta pour la seconde fois le Prix de l'Arc de Triomphe qui est, aux chevaux, ce qu'est le cent mètres messieurs des Jeux Olympiques, la course reine. Cette victoire de l'écurie Princière remplit Amirah de joie.

« Champagne ! » ordonna-t-elle au serveur qui était venu disposer les plats du déjeuner. La seconde bouteille de champagne débouchée, le serveur se retira.

La journaliste était un peu paf. Manifestement, l'interdiction coranique de l'alcool ne la concernait pas. Malik ne prétendit pas à l'abstinence mais se laissa servir une coupe qu'il ne but pas afin qu'elle ne le resservit pas encore. La jeune femme buvait coupe sur coupe, sans retenue.

« Je voulais vous voir pour évoquer la propagande sioniste sur une supposée collusion entre le Qatar et l'Etat islamique. Il est bon que les spécialistes de l'Islam au sein des services de sécurité intérieure de la France reçoivent une information fiable. »

« Je ne suis pas un spécialiste des questions géostratégiques mais un flic de base donc je suis très surpris que vous vous donniez la peine de ce traitement de VIP » objecta Malik.

« Ne soyez pas modestes. Et puis vous êtes arabe donc on peut se comprendre plus aisément qu'avec vos collègues français. »

La journaliste jouait sans pudeur la carte communautariste ce qui heurta Malik.

« Je suis français, arabe d'origine, et musulman d'éducation, dans cet ordre. »

La journaliste écarta l'objection d'un geste de la main :

« Oui, bien sûr, mais vous subissez la désinformation sur le Qatar, donc je voudrais vous donner quelques faits.

« Je vous écoute. »

« Le Qatar a soutenu la révolte contre le régime nusayrite du dictateur Assad. Nous avons soutenu l'Armée de libération syrienne, comme les autres pays du Golfe. Les crimes commis par Dah'ech ne sont en rien représentatifs de l'Islam moderne que prône la dynastie Al Thani. Le 13 septembre 2014, nous avons expulsé plusieurs dirigeants des Frères musulmans pour menées subversives sur notre territoire. »

« Pourtant l'Arabie saoudite, les Émirats arabes unis et le Bahreïn n'ont toujours pas renvoyé leurs ambassadeurs à Doha et le Qatar reste exclu du Conseil de Coopération du Golfe » objecta Malik.

« Nous sommes confiants sur la dissipation prochaine de cette incompréhension transitoire » fut la réponse 'langue de bois' de la journaliste.

« Les soupçons que continuent à entretenir la DGSI sur un supposé soutien du Qatar aux djihadiste sont infondés et nous serions heureux que cessent la surveillance 'rapprochée » de certains de nos ressortissants à Paris. » poursuivit-elle.

« Donc, c'est pour cela que je suis là. » pensa Malik, pour relâcher la surveillance des agents d'influence qatari en France.

« Je ne suis pas le bon interlocuteur. Vous devriez en parler au Ministre des affaires étrangères en prouvant que vous cessez votre soutien à Al'Nosra et au Hamas, cela le convaincrait. »

« J'ai parlé longuement avec le ministre lors de l'inauguration de l'hôtel Péninsula dans les anciens locaux du Centre de rencontres étrangères avenue Kléber » répondit un peu énervée Amirah.

Changeant tout à coup de registre la journaliste qui se rapprocha de Malik sur le canapé où ils prenaient le café et souffla : « Pourquoi êtes-vous aussi méchant avec moi ? Ai-je l'air de mentir ? »

Malik fut très gêné de cette tentative à peine voilée de séduction.

Passant à l'arabe, elle murmura : « Malik signifie Roi, Amirah, Princesse, en arabe. Nous étions faits pour nous rencontrer… ».

« Voila qu'elle me fait la danse des sept voiles comme Salomé ou plutôt comme Ishtar ».

La jeune femme se faisait dolente. Il ne tenait qu'à lui de la prendre dans ses bras et il aurait pu la posséder là sur le canapé, il en était conscient.

Ce qui le retint fut une forme de dégoût de ce luxe étalé, de cette femme qui s'offrait sans pudeur, du cocktail pétrodollars - Islam - manipulation médiatique qui s'incarnait en cette succube.

Il se leva, remercia pour le déjeuner et partit.

La journaliste leva un regard étonné sur Malik comme si elle ne le reconnaissait pas.

Malik avait pris, mécaniquement, le sac VIP contenant le porte-clés en or, mais, reprenant son calme, il le déposa sur une poubelle dans le couloir et rentra chez lui en métro.

15 – Facebook

Malik reçut la réponse de la NSA par un mail sécurisé.

Le siège de Facebook communiquait l'adresse IP de l'émetteur de la vidéo pornographique mais ne s'engageait nullement à la retirer, au nom du sacro-saint principe américain de la liberté d'expression. Seuls les contenus pédopornographiques étaient proscrits.

Les adresses IP des cinq consultations de la vidéo avant l'explosion du nombre de consultations provoquée par l'emballement médiatique était également communiquées par l'éditeur américain.

« Les Etats-Unis qui hébergent 60 % des sites pornographiques du monde pratiquent une politique bien hypocrite» pensa Malik. « Moralisateurs et prêcheurs, les Etats-Unis sont la nouvelle Babylone. »

Le service informatique de la DGSI lui indiqua en moins d'une heure que le numéro IP correspondait à une plage de numéros attribuée à Orange et que le détenteur de cette adresse était un cybercafé de Lille.

L'IP des cinq internautes ayant consulté la vidéo renvoyaient à une salle de lecture à la Faculté de lettres de Lille, à deux cybercafés, et à un ordinateur en libre service de Pôle emploi. Impossible à tracer donc.

Malik comprit que la piste était une impasse. Les terroristes utilisent les cybercafés pour envoyer via des passerelles d'anonymisation comme Tor des messages et rien n'était plus facile que de créer un compte Facebook sous un pseudo en utilisant une identité virtuelle. Il y a un milliard trois cent vingt millions de comptes Facebook dont vingt-six millions en France. Plusieurs millions de comptes nouveaux étaient créés chaque jour dans le monde. Facebook ne prétendait pas garantir la légitimité juridique de ce trafic énorme mais traitait, par exceptions, les anomalies détectées par ses moteurs de recherche ou sur la base des signalements des autorités publiques ou des utilisateurs.

De manière presque comique mais dérisoire, Facebook avait ainsi censuré la publication du tableau de Courbet 'La naissance du monde' montrant un sexe de femme alors que des milliers de vidéo et de photos pornographiques peuplaient les pages sans parler des vidéos de décapitation mises en ligne par les Djihadistes, qui circulaient librement sur Facebook ou Youtube, pensa amèrement Malik.

On ne retrouverait jamais l'émetteur de la vidéo mais par contre, par méthode, il faudrait aller planquer le cybercafé. Malik savait pourtant que la DDSI de Lille n'avait pas les moyens humains d'envoyer un agent faire du repérage et, de toutes façons, s'il envoyait un agent 'bien dégagé autour des oreilles', l'alerte ferait fuir les possibles suspects. Mieux valait mettre une dérivation sur l'adresse IP du café pour analyser le trafic montant et descendant des utilisateurs du cybercafé. Grâce à la loi Cazneuve, qui permet aux OPJ d'agir sur mandatement du Juge d'instruction attaché à la DGSI, la mesure d'intrusion informatique du cybercafé serait mise en place dans la journée.

Restait la question du scandale de cette vidéo.

Les féministes ne désarmaient pas. Quelques Femen avaient montré leurs seins devant le site de Facebook générant quelques milliers de visites supplémentaires de la vidéo incriminée. Le dilemme infernal : en parler, alimentait le voyeurisme, passer sous silence, semblait une démission politique.

La ministre des Droits de la femme du gouvernement, née de parents marocains, avait renouvelé son appel à Facebook de retrait de la vidéo. Du coup, sa collègue de la culture y était allé de son couplet, obligé et vain, sur la nécessaire conciliation entre « Internet, espace de liberté, qui ne doit pas être un espace de non droit ». La sous-ministre au numérique, jalouse de ses prérogatives, avait déclaré sur les ondes radio qu'elle avait 'convoqué' (sic) le Président de Facebook France.

Le Président français, redevenu récemment célibataire, avait échappé à la sortie de l'ex 'Première dame de France' qui aurait sans nul doute témoigné, avec sa grandiloquence ridicule, de la sollicitude des 'plus hautes autorités de l'Etat' face à cette infâme vidéo.

Les défenseurs de l'exception culturelle française, terminologie qui désigne en France, les lobbys tentant de résister à la volonté de domination mondiale de l'industrie du divertissement nord-américaine, avaient fait florès en s'exclamant par la voix de leur histrion Pascal Grodar, le délégué général de la SCAD : « Veut-on abandonner la France au déferlement du stupre américain ? ».

Morel suggéra à Malik un rendez-vous de travail avec le correspondant de la DGSI au sein de Facebook France.

Malik fut un peu surpris de l'anonymat relatif du siège de Facebook France. Le vieil immeuble du 16e arrondissement ne payait pas de mine. Par contre, dès l'accès à l'étage visiteur, le décor 'feng shui', très clair, avec des grands espaces volontairement vides, une hôtesse qui l'accueillit comme une vieille relation dénotait l'entreprise californienne.

Comme toutes les grandes sociétés américaines, Facebook avait désigné un 'Officier de sécurité'. Son rôle était d'être l'intermédiaire entre le siège Corp. qui décidait tout et les autorités publiques françaises (DCSSI, DGSI et CNIL notamment). La fonction était assurée par le lobbyiste en chef, une certain Benoit Rybord qui avait fait bien vendu son réseau constitué au sein du Conseil national du numérique.

Le jeune lobbyiste vint à sa rencontre souriant, nécessairement habillé 'casual', d'un jean délavé impeccable et d'une chemise blanche. Seuls les mocassins Church, évalua Malik, témoignaient de l'aisance de leur porteur. La montre aussi, une Breitling massive, dénotait un goût un peu nouveau riche.

Les présentations étaient inutiles, chacun d'entre eux s'étaient déjà rencontré à plusieurs reprises.

« Comment allez-vous depuis notre dernière rencontre ? Que puis-je pour vous ? » demanda de manière directe, à l'américaine, le jeune homme.

« Je viens vous voir comme vous l'avez peut-être deviné au sujet de cette vidéo pornographique associant Dah'ech à une scène de viol, semble-t-il non simulé. »

« Oui, je suis content que nous ayons pu vous communiquer l'IP de l'émetteur. J'espère que cela vous sera utile car, franchement, ce genre de vidéo nous déplaît autant qu'à vous. »

« Alors pourquoi ne la retirez-vous pas ? »

«Vous connaissez les pratiques. Nous censurons la pédopornographie mais pas la pornographie adulte »

Curieusement Bataka n'employa pas le mot 'règles' avec Malik, peu conscient de cette forme d'aveu implicite, nota Malik.

« Et puis, cela vous fait de l'audience… mais est-ce bon pour votre réputation ? »

Facebook se moquait assez des émois des politiques et des autorités publiques. Les ministres passaient, Facebook prospérait. Chacun des secrétaires d'Etat au numérique, après avoir pris la posture d'Astérix au pays des Ricains et prétendu défendre l'internaute français, était revenu du pèlerinage au siège mondial de Facebook à Menlo Park, en Californie, plus conciliant…

« Nous pourrions réévaluer la situation face à l'appel au boycott de Facebook par les Femen. Elles ont un compte à régler avec nous depuis qu'on a censuré quelques seins en 2013. Les Femen sont très excessives dans leur expression publique mais nous sommes une société gay friendly, Californie oblige.

Malik repartit donc, sans surprise, bredouille, de ce rendez-vous.

16 - Les people et les belles âmes

Malik avait le sentiment très désagréable de n'ouvrir que des portes ouvrant sur des murs.

Le cabinet du ministre de l'intérieur se montrait, de jour en jour, plus pressant. La vidéo restait en ligne sur Facebook. La fréquentation atteignait maintenant 211 374 vues. L'intérêt malsain de nombreux internautes voyeuristes, s'était détourné depuis quelques jours, vers les vidéos de décapitation de captifs occidentaux sacrifiés. La propagande islamiste de Dah'ech, pour tenter de rompre l'unité nationale autour de l'engagement de la France dans la coalition formée à l'occasion de la bataille de Kobané, inondait la toile.

Le philosophe germanopratin Louis-Honoré Botul, 'LHB', s'était saisi du dossier. Il posait, la chemise blanche, impeccablement amidonnée, largement ouverte sur un maigre poitrail qui s'offrait à un ennemi imaginaire devant les caméras. N'est pas Malraux qui veut. Sa posture de dandy, ses rodomontades ne faisaient plus recette mais il embarqua avec lui un certain nombre de people qui firent une « massive » (sic) manifestation d'une vingtaine de personnes devant l'Ambassade de Syrie en France rue Vaneau dans le 7e, à une portée de voix de l'hôtel Matignon où ils se rendirent ensuite, encadrés par quelques CRS, pour demander audience au Premier ministre. Celui-ci en province, les fit recevoir par son conseiller diplomatique qui, comme tous les diplomates, savait admirablement écouter avec courtoisie sans s'engager en rien.

L'ambassadrice Lamia Chakkour, nommée par Damas, bien que décrétée persona non grata par Paris, occupait toujours la représentation syrienne, en qualité d'ambassadrice auprès de l'Unesco, et n'avait, sans surprises, pas voulu recevoir non plus les manifestants. LHB put faire son prêche, à son aise, la poitrine à moitié dénudée, comme la prostituée du tableau La Liberté guidant le peuple de Delacroix, exposée à des balles imaginaires sur une barricade de micros, condamnant « la barbarie de l'Etat islamique qui le disputait aux crimes du dictateur syrien... sur les jeunes de France - très gaullien comme expression - qui égaraient leur recherche d'idéal au service de terroristes… ». Donc, rien que de très attendu venant d'un philosophe engagé, mais notre médiatique vieux gandin poursuivait : « les djihadistes méprisent, honnissent, souillent la femme libre comme le montre la vidéo pornographique montrant le viol d'une française par les séides de Dah'ech. Qu'attend notre gouvernement pour obtenir le retrait de cette vidéo par ces réseaux sociaux qui font fortune sur l'horreur et la pornographie ? »

Cette digression inattendue de LHB retint l'attention de Malik qui repassa l'enregistrement vidéo deux fois.» Quelle mouche piquait notre Brummell ?

Une blonde journaliste, très glamour, interrogea ensuite le grand homme d'une voix mouillée :
« Louis-Honoré Botul, irez-vous sur le terrain en Syrie, comme vous l'aviez fait à l'époque en Libye ? Est-ce que vous continuerez à soutenir la coalition rebelle ? »

Le regard de HLB se perdit à l'horizon, comme ces portraits du Grand leader Mao dont il essayait de faire oublier qu'il fut zélote en son temps. Il garda ses lunettes de presbyte à la main car, on a beau avoir des terminaisons de chromosomes d'un homme de soixante ans et comme épouse une poupée Barbie, en travaux esthétiques permanents, on doit défendre sa réputation de play-boy pour séduire le descendante de Diana Mitford, l'anglaise qui ne renia jamais ses convictions nazies et conserva le portrait dédicacé d'Hitler dans son salon jusqu'à sa mort :

« Ecoutez, je continuerai à soutenir, non pas la coalition rebelle, certainement pas ; je ne soutiens pas les salafistes ; je ne soutiens pas les djihadistes ; je ne soutiens pas les Frères musulmans. En revanche, les démocrates syriens qui se battent sur deux fronts, c'est-à-dire contre l'assassin au pouvoir à Damas d'un côté, et contre les islamistes radicaux de l'autre, ceux-là oui, je les soutiens, et je les soutiendrai comme ils me le demanderont, comme je l'ai fait à de nombreuses reprises dans ma vie depuis des décennies maintenant. Et ceux-là, ils se battent avec un courage inouï, au prix du sang, c'est-à-dire au prix le plus fort, contre ces deux monstres jumeaux que sont, d'un côté, les mercenaires du Hezbollah, et de l'autre côté, les salafistes au sein de la rébellion. »

«En clair, si l'on peut dire par antiphrase, je revendique mon droit d'ingérence mais je ne sais pas très bien avec qui j'ingère… » reformula Malik.

La sortie de LHB courût comme un incendie de bosquets des Deux Magots au Procope, du Procope au Flore et du Flore aux Deux Magots, parcourant en quelques heures seulement prés de trois cents mètres sur le pavé de Saint-Germain-des-Prés.

L'intelligentsia parisienne était, comme de coutume, divisée entre les inconditionnels du philosophe chevelu et les anti-LHB. La fracture, le schisme, l'excommunication qui divisait l'intelligentsia parisienne, provoqua force empoignades rhétoriques dans les dîners bobo. La violence verbale atteignit des sommets oubliés depuis l'affaire Dreyfus.

Les tabloïds français trouvèrent pâture dans les déclarations du philosophe des salons de coiffure. Les journalistes firent des articles 'de fond' que leurs lecteurs habituels, plus coutumiers de s'informer du dernier flirt d'une starlette, lurent à plusieurs reprises sans jamais comprendre la subtile dialectique de LHB qui soutenait tout en critiquant, s'engageait sans préciser en faveur de qui. On admira le bronzage de l'homme à défaut de comprendre son esprit.

La Présidente de la CNIL, Isabeau Foulque-Berichon, fut interrogée sur l'impuissance des autorités publiques française à obtenir le retrait d'une vidéo aussi dégradante. Elle expliqua, en termes fort pédagogiques, que les leaders américains de l'internet étaient « hors sol » au sens où ils revendiquaient leur subordination au droit américain pour s'exonérer de bien des obligations qui pesaient sur les acteurs nationaux.

Il revint au leader de la gauche de la gauche, Méchanlon, de s'offusquer avec son accent du terroir que Facebook fît « du pognon » - le Che franchouillard parlait dru pour faire peuple – en « balançant une vidéo obscène sur les murs de nos enfants ».

Interpellée par ce Fouquier-Tinville moderne, la sous-ministre au numérique tenta de reprendre la main en rappelant qu'elle avait « convoquée » (re-sic) le PDG de Facebook » sans préciser Facebook France, laissant entendre, qu'il se pût être agi du PDG de Facebook monde, Mark Zuckerberg, ce qui fit rigoler sur Twitter le microcosme de l'internet français. La sous-ministre, prudemment, ne précisait pas si l'audience avait contraint le grand méchant quasi monopole américain à résipiscence car, si le Directeur commercial qui faisait fonction de PDG, l'avait écouté respectueusement, il ne s'était engagé qu'à signaler « l'attente de madame la Ministre » à la direction du siège. Le bâton de la sanction fiscale ne pouvant plus guère être utilisé, car Facebook avait déjà été redressé par le gouvernement précédent, la sous-ministre n'avait que le magistère du verbe.

La parade de HBL devant l'ambassade de Syrie provoqua une autre réaction, fort digne, celle de l'Ambassadeur de la Syrie libre Mustapha Khos. Cet ambassadeur nommé par le Conseil National Syrien en 2012, après avoir vu le tapis rouge déroulé pour lui devant l'Elysée et le Quai d'Orsay, vivotait dans une chambre d'hôtel du quartier de la Défense, faute de pouvoir occuper les locaux de l'ambassade de la Syrie de Bachar al Assad avec laquelle la France n'avait pas rompu ses liens diplomatiques. Mustapha Khos, que les média français tenaient en lisière, trouva, dans cet emballement médiatique, un espace de prise de parole. Sans surprise, à quelques rares exceptions, les journalistes paraphrasaient les dépêches de l'AFP sans avoir suffisamment travaillé leur dossier pour comprendre les divisions des opposants au dictateur Assad, les complexes schismes et allégeances islamiques. L'opposition démocratique syrienne avait été emportée, militairement et médiatiquement, par la horde de l'Etat islamique. Mustapha Khos réaffirma le rejet par le Conseil national Syrien des violences terribles infligées par les barbares de l'Etat islamique et d'al Nosra qui dévoyaient le message du Prophète Mahomet et tenaient la femme comme sujet inférieur à mi chemin entre l'homme et l'animal.

De blogs islamistes partit une rumeur nouvelle : la vidéo était un montage de la CIA pour discréditer le combat légitime de Dah'ech. Cette rumeur fut repris en quelques heures par les sites négationnistes de toutes obédiences, ceux-là même qui affirmaient que l'attentat du 11 septembre et la destruction des tours jumelles de New-York était un complot israélien avec la complicité de la CIA, preuve en était qu' « aucun juif ne comptait parmi les victimes ». Illuminés de tout poil, anarchistes mondialistes, extrême droite anti-américaine, souverainistes égarés… firent le buzz.

Le silence embarrassé des autorités publiques françaises alimenta la cabale.

17 - Paul Vralac

Malik fut convoqué, avec Morel, au rapport par Paul Vralac, le directeur de la DGSI.

« Alors, l'affaire de la vidéo porno djihadiste, vous avancez ? »

Vralac était issu du rang. Il avait fait sa carrière dans l'armée puis dans le service action de la DGSE et donc il connaissait trop bien les difficultés de leur tâche pour leur adresser sa question autrement que de manière neutre, sans reproche. Ce n'était pas un Préfet 'politique' bombardé par un ministre de l'intérieur plus soucieux d'allégeance politique que d'efficacité policière. Morel et Malik le respectaient.

Morel laissa Malik répondre car c'était son dossier. Ce n'était pas pour se couvrir mais parce que répondre à la place de son subordonné comme l'auraient fait un sous-directeur de Bercy, imbu de sa position hiérarchique, n'était pas conforme à l'estime dans lequel il tenait Malik.

« Pour faire court, non, je patine, monsieur   le Directeur. »

Malik assumait l'impasse de son enquête et ne débuta pas sa réponse par toutes les raisons, bonnes ou mauvaises, justifiant, in fine, une enquête au point mort.

« Le viol n'est apparemment pas simulé. La voix de l'un des violeurs a un accent qatari plutôt que syrien ou irakien. La victime est une française candidate au départ pour le Djihad dont on ne sait, à ce jour, si elle est vivante et où elle se trouve. Impossible de remonter à l'émetteur de la vidéo.

Il me faut épuiser en priorité la piste syrienne, celle d'un départ de Marie Seclin effectif en Syrie mais mon intuition est qu'elle est encore en France. Le parler qatari du violeur nous oblige à examiner toute implication du Qatar, ne serait-ce que pour l'écarter. Je ne crois pas à un canular, un hoax, pas plus qu'à un pastiche de films pornographique mais par méthode, je vais faire un point avec la Mondaine.

La priorité est de localiser le lieu de séjour ou de détention de Marie Seclin, Myriam al'Seclin de son nom arabisé.

J'ai besoin de mettre une dérivation sur un cybercafé de Lille et faire quelques mises sur écoutes téléphoniques. Les demandes sont dans votre courrier de ce jour. »

« Bon, merci, Benamar, OK pour les interceptions, je signe cela ce matin. Veuillez me tenir informé de toute avancée significative. Morel, je vous laisse décider s'il faut mettre des moyens supplémentaires en appui. J'ai les cabinets ministériels sur le dos qui me les cassent plus sur ce dossier que sur les otages français au Mali, tout ça parce que Saint-Germain-des-Prés est en émoi. Mon secrétariat est harcelé par les journalistes, les habituels du Monde et autres magazines sérieux mais aussi, ce qui est nouveau, par les journaux People, comme si je n'avais que ça à faire d'alimenter leurs feuilles de choux. De toute façon, vous connaissez la règle : pas de contact avec la presse sauf pour les besoins de l'enquête. Soyez prudents sur la piste qatarie, il est public que l'on est en pleine négociation sur une éventuelle vente de Rafale, les cabinets sont très nerveux… »

Malik retourna les consignes du patron dans sa tête en retournant se visser à nouveau devant son écran. Une part croissante des enquêtes était 'virtuelle' par analyse des Big data du web. Les enquêtes sur le terrain devenaient moins nombreuses. Les réseaux djihadistes étaient très hermétiques à l'infiltration par des taupes et le recrutement des français se faisait pour l'essentiel via internet. L'efficacité des enquêtes reposait presque autant sur la puissance en flops des ordinateurs que du nombre d'agents du service. La trémie informatique des mots clés du web étaient à la DGSI ce qu'étaient l'ADN à la Crim', l'indice de base de l'analyse.

18 - La piste syrienne

Une intuition disait à Malik que Marie n'était pas sur un des champs de bataille en Syrie ou en Irak mais il lui fallait, par méthode, épuiser cette piste.

Le 'protocole' n'était pas là. Les jeunes français, partis faire le Djihad, suivaient tous le même protocole : auto-intoxication par visionnage des sites de propagande islamistes notamment Inspire, échanges de mails via Facebook avec un français converti devenu agent recruteur, création d'une seconde identité 'combattante', conversion à l'Islam, choix d'un nom arabe, création d'un compte Facebook sous le pseudo arabe, affichage de messages d'engagement pour la cause sur le mur Facebook du pseudo, organisation du départ, passage en Turquie par voie aérienne ou terrestre selon l'âge et les moyens financiers de la recrue, infiltration en Syrie par des filières, premiers posts et photographies 'triomphalistes' du jeune en habits de combattants sur son blog ou sa page Facebook. C'était un processus d'auto-alimentation du prosélytisme : les adeptes attiraient dans la secte de nouveaux impétrants par leur enthousiasme publié sur le web. Les exactions de Dah'ech leur assuraient une audience mondiale. On était loin du romantisme des jeunes partant combattre dans les Brigades internationales pendant la guerre d'Espagne. Des jeunes, des familles entières partaient rejoindre au pays de Cham, un mouvement terroriste qui voulait restaurer les pratiques d'un califat du Moyen-âge.

Malgré l'absence de revendication par Dah'ech, la présence du drapeau de l'Etat islamique dans la vidéo et la référence au quinzième verset de la sourate An-Nisa suggérait un châtiment islamiste au nom de la charia.

Marie s'était convertie et était parti pour rejoindre Dah'ech le 22 octobre 2014. Cela, c'étaient des faits. Ensuite il n'avait que des conjectures sur les circonstances de sa conversion djihadiste, avant la mise en ligne de la vidéo, et sur le sort de Marie depuis celle-ci.

Malik fit donc une recherche sur la base des jeunes français déclarés partis par leurs parents ou leurs proches, ou dont on avait tracé la sortie du territoire français dans les six mois précédents. Le fichier des français 'partis faire le Djihad' contenait 845 noms. Malik établit une liste plus réduite en extrayant tous les hommes, les femmes de plus de vingt-cinq ans puis les jeunes femmes déclarées rentrées, celles décédées. Un état de 34 noms s'afficha. Malik étudia chacun de ces noms pour consulter la photographie de la fiche. Le nom patronymique déclaré pouvait être faux si le passeport ou la carte d'identité nationale était contrefaite. Peu de faux papiers circulaient, semble-t-il. Les candidats au départ partaient sous leur véritable identité et jusqu'à la 'loi Cazneuve' les autorités françaises ne pouvaient refuser la sortie du territoire. Plusieurs dizaines de milliers de français partaient chaque année en Turquie faire du tourisme et les français endoctrinés se glissaient aisément dans les mailles du filet.

Les autorités turques assuraient une forme de collaboration policière en identifiant le maximum de personnes au passage des frontières mais, soucieuses de ne pas tarir la manne touristique, elles ne retenaient aux frontières que les suspects dûment signalés par Interpol.

Le viol de Marie par des prétendus djihadistes pouvait signifier que Marie était détenue dans un bordel pour combattants. L'appel au 'Djihad par le sexe' n'était pas un fantasme de journalistes. Le 12 Juin 2014, deux jour seulement, après la capture de Mossoul et d'autres territoires en Irak, Dah'ech avait émis un décret ordonnant aux gens d'envoyer leurs femmes célibataires pratiquer le djihad par le sexe. Le viol des infidèles et des prises de guerre était justifié par les terroristes de Dah'ech au nom du Coran et des Hadiths

On trouve ainsi dans Al-Muwatta', synthèse pratique de l'enseignement islamique, d'Abdu-llah Mâlik, jurisconsulte médinois du septième siècle appelé communément 'l'imam des imams', fondateur du rite malékite, le rite majoritaire en Afrique du Nord et en Afrique de l'Ouest, le passage suivant :

« Ibn Muhayriz a rapporté : « j'entrai à la mosquée et à la vue de Abû Sa'îd al-Khudrî, je m'assis près de lui et je lui demandai au sujet de l'éjaculation en dehors de l'utérus. Il me répondit : « Nous quittâmes Médine avec Mahomet dans une expédition contre les Banû al-Muçtaleq. Nous prîmes pour captives les meilleures femmes arabes. Comme nous les désirions, et que nous

souffrions de notre célibat, nous avions voulu avancer des rançons en échange des captives, puis de cohabiter avec elles en éjaculant en dehors de l'utérus. Alors, nous nous dîmes : « Ferons nous cela sans le demander à Mahomet qui est parmi nous ? » En le lui demandant, il répondit : « Il n'y a pas de mal à faire cela ».

L'ouvrage Al-Muwatta' est en vente notamment à la Fnac et à l'Institut du Monde Arabe,

Marie, retenue contre son gré dans un 'bordel islamiste', était une perspective terrible mais pas irréaliste.

Malik passa la journée à consulter les fiches des jeunes françaises signalées comme ayant quitté la France depuis six mois, mais en vain.

Il savait que plusieurs dizaines de départs échappaient à tout traçage. Le passage par la voie terrestre à bord de bus ou en auto-stop ne laissait aucune trace informatique.

Une semaine auparavant, il avait envoyé un signalement au correspondant de la DGSI au sein du Ministère turc de la Police, avec le nom français et arabisé de Marie et sa fiche signalétique. La police turque ne disposait pas d'outils informatiques aussi performants que ceux de la police française et le recoupement, principalement manuel, était long fastidieux voire aléatoire. Au surplus, les services de la police turque étaient surchargés par l'afflux de réfugiés syriens et irakiens fuyant les zones de combat. Les turcs étaient beaucoup plus préoccupés de tenter de repérer les 'terroristes kurdes' se glissant dans le flux de centaines de milliers de victimes des exactions de l'armée d'Assad et des milices islamistes, que de mobiliser des agents pour retrouver quelques français perdus.

Sans surprise, la réponse des autorités turques qui parvint en fin de journée fut : « Néant ».

Cette réponse fut confortée par celle des agents du service action de la DGSI sur place qui disposaient de quelques rares indicateurs les informant de l'arrivée de recrues dans les brigades francophones de Dah'ech ou Jabhat al Nosra et l'Armée de Libération syrienne.

La 'piste syrienne' s'arrêtait donc là, sauf signalement nouveau.

Ce qui intriguait Malik était la voix à l'accent qatari de la vidéo. Les qataris avaient financé le Hezbolah, le Hamas et Dah'ech dans leur volonté paranoïaque, de jouer un rôle diplomatique central au Moyen-Orient, malgré la petite taille de l'Etat et malgré l'aberration d'un soutien d'un Etat sunnite, se proclamant libéral, pour certains mouvements chiites les plus intégristes. Le

Qatar faisait, depuis l'été 2014 et la montée en puissance de Dah'ech, démenti sur démenti sur son soutien à Dah'ech. Que diable venait faire ce qatari dans une vidéo attribuée, à raison ou à tort, à l'Etat islamique ?

Dah'ech voulait peut-être témoigner par là, à la face du monde, du soutien récent des pétrodollars qatari et de l'hypocrite reniement de Doha ?

La vidéo était-elle un montage d'un groupe islamiste concurrent pour discréditer Dah'ech ?

S'agissait-il d'un faux, d'un montage de la CIA et pourquoi pas du régime de Assad, le dictateur sanguinaire au menton fuyant ?

Toutes les hypothèses, même les plus hasardeuses, étaient possibles.

Le signalement par le NSA de la vidéo n'était en rien une garantie de l'absolue innocence des Etats-Unis. Alliés dans la lutte contre Dah'ech, la France et les Etats-Unis avaient des différences d'appréciation tactique et le pas de clerc commis par le Président Obama pour ne pas appuyer une intervention militaire occidentale pour faire tomber Assad en septembre 2013, quand l'Armée de Libération Syrienne était en passe de gagner la guerre civile, restait comme une faute car la

Russie avait sauvé la mise au tyran syrien qui avait, par un calcul machiavélique, ménagé Dah'ech, sachant que l'hydre devenue une menace régionale, obligerait les Etats Occidentaux à devoir choisir entre la peste et le choléra.

Malik comprit qu'il allait devoir tenter d'aller plus loin sur l'hypothèse de la piste qatarie mais en tirant quel fil ? Revoir Amirah Arhab, la journaliste d'Al Jazzera ? Pourquoi faire ; elle allait lui resservir la langue de bois de l'Emirat du Qatar. Alors par où commencer ?

19 - La piste qatarie

Malik décida de rechercher un lien possible entre la vidéo et le Qatar.

Le Qatar est un 'pays ami' de la France. Les Présidents se succèdent mais après quelques remarques de réserve lors de sa prise de pouvoir, le Président Hollande poursuivit la politique de complaisance pour attirer les investissements qataris en France.

La discussion en cours autour de la vente d'avions Rafale au Qatar rendait particulièrement vigilants   le ministère de la Défense et la DGA à ne pas froisser l'Emirat du Golfe. Même vendus dans une version légèrement bridée, comme il est de coutume par la France, afin d'assurer une supériorité technique aux Rafale de l'Armée de l'air français en cas de conflit, la vente de matériels d'une durée de vie de dix à vingt ans obligeait à toutes les prudences. Les changements récents de régime dans plusieurs pays arabes, Lybie, Tunisie notamment, justifiait cette sécurité et apaisait, un peu, les craintes israéliennes.

La DGSI n'avait aucune illusion sur l'hypocrisie des protestations récentes du Qatar de soutien à la coalition arabo-occidentale, avec le soutien non officiel de l'Iran et la neutralité positive de la Turquie, à la guerre contre Dah'ech. Dah'ech menaçait la stabilité régionale en déstabilisant les frontières des états reconnus, en mobilisant les minorités nationales, notamment kurdes, en compromettant le business du pétrole. La coalition 'contre nature' devait couper les diverses têtes de l'hydre.

Le Qatar donnait des gages en participant aux conférences internationales contre le terrorisme islamistes, en exilant quelques Frères musulmans et, en particulier, le plus charismatique le prédicateur vedette d'Al Jazeera : cheikh Yussuf Al-Qaradawi.

Malik consulta la fiche de la DGSI sur Yussuf Al-Qaradawi : Egyptien de naissance, directeur du Centre européen de la fatwa et de la recherche, structure juridique mère de l'UOIF, auteur de très nombreux ouvrages sur le droit islamique, célébré comme l'un des auteurs les plus novateurs par Tariq Ramadan qui a préfacé ses livres en traduction française, Yussuf Al-Qaradawi est un Cheikh apparemment très consensuel. Opposant déclaré du maréchal El Sissi en Egypte, il appelle au Boycott des élections égyptiennes, appelle à la mort des chiites en Syrie et abhorre le régime alaouite du dictateur Assad.

Yussuf Al-Qaradawi présente des visages très différents selon ses auditoires. Face à une audience occidentale ou arabe modérée, il se prétend le lien de dialogue entre musulmans et chrétiens et se défend de tout antisémitisme. Mais cette modération n'est que de façade et le prédicateur vedette d'Al Jazeera, jusqu'à son exil en mars 2014 par le Qatar, sous la pression de l'Arabie Saoudite, se livre à des propos révisionnistes et antisémites d'une rare violence. Intervenant sur la chaîne Al Jazeera le 30 janvier 2009, al-Qaradâwî tint ces propos : « Tout au long de l'histoire, Allah a imposé aux Juifs des personnes qui les puniraient de leur corruption. Le dernier châtiment a été administré par Hitler. Avec tout ce qu'il leur a fait — et bien qu'ils [les Juifs] aient exagéré les faits —, il a réussi à les remettre à leur place.

C'était un châtiment divin. Si Allah veut, la prochaine fois, ce sera par la main des croyants ».

Prônant un Islam rigoriste, il affirme que les victimes du tsunami de 2005 méritaient leur sort en raison des « actes d'abominations » pratiqués dans les zones touristiques, qui auraient provoqué la colère d'Allah, à savoir de s'être adonné à la fréquentation des boites de nuits et des plages indonésiennes où les femmes sont peu vêtues.

Pour ce qui est des occidentales violées, il rejette la responsabilité sur les femmes violées : « les femmes provocatrices parce que non habillées décemment devraient être punies […] pour qu'elle soit affranchie de la culpabilité, une femme violée doit avoir montré la bonne conduite. »

Si Yussuf Al-Qaradawi était l'un des prédicateurs ayant le plus d'audience dans l'Islam sunnite wahhabite - on estimait à soixante millions les fidèles suivant ses prêches sur Al Jazeera - et l'un des maîtres à penser des Frères musulmans, cela ne faisait pas, pour autant, du Qatar un suspect dans la production de cette vidéo. Yussuf Al-Qaradawi, lui même, avait condamné Dah'ech, tout en refusant de cautionner l'engagement des pays arabes du Golfe, dont le Qatar, au sein de la coalition combattant ces extrémistes islamistes en Syrie et en Irak.

La fiche Interpol de Yussuf Al-Qaradawi indiquait 'inconnu' son lieu de résidence actuel depuis son expulsion du Qatar. Malik envoya un mail à la CIA ainsi qu'aux services de sécurité égyptiens et au Mossad, tous traquaient également Al-Qaradawi.

L'intonation qatarie de la voix de la vidéo ne permettait donc en rien conclure de conclure à une implication du Qatar dans celle-ci. Engager une demande de coopération policière avec le Qatar aurait été un coup d'épée dans l'eau et aurait exigé un dossier plus solide pour lever les réticences des ministères des affaires étrangères et de la défense à contrarier l'opulent Emirat.
Malik fit donc un rapport à Morel concluant à l'absence d'indices justifiant l'engagement d'une demande de coopération policière entre la France et le Qatar mais suggérant de garder en veille la poursuite d'une enquête sur une éventuelle implication qatarie dans l'affaire Marie Seclin. C'était la procédure, et puis cela le couvrirait en cas d'incident diplomatique éventuel car les qataris étaient d'une extrême susceptibilité s'agissant de la défense de leur probité affichée.

Le fait qu'il ait bénéficié d'un traitement VIP de la part d'Amirah Arhab, la journaliste d'Al Jazeera, continuait à titiller sa logique. Pourquoi se donner la peine de catéchiser un lieutenant de police de base de la DGSI quand le gouvernement français tirait le tapis rouge pour les autorités qataries ? Qu'est-ce qui avait mis en éveil l'intérêt des services secrets qataris et l'avait fait repérer par eux ?

Malik décida pourtant de jouer avec le feu en appelant la journaliste.

« Lieutenant Benamar ? Quelle surprise ! Je ne pensais pas avoir de nouvelles de vous après la victoire de Trêve... »

L'implicite dans la phrase inachevée de la journaliste était : « ... et mon échec à vous séduire… ».

Malik se méfiait des rancœurs de femmes éconduites, aussi il coupa court à tout badinage entre eux et contre-attaqua sans vergogne :

« Je vous rassure; je ne vous appelle pas pour commenter la vidéo parodiant Dah'ech de la télévision kurde, Kurdat TV, montrant les combattants de l'Etat islamique montrés comme un orchestre de rock chantant nos poches sont pleines d'argent qatari mais, plus sérieusement, je voulais vous demander si vous pouvez me donner des informations sur l'activité actuelle de Yussuf Al-Qaradawi. »

« Yussuf Al-Qaradawi ? Pourquoi vous intéresser à cette vieille barbe ? »

La journaliste tentait de biaiser par l'ironie.

« Vieille barbe, c'est vous qui le dites, mais prédicateur vedette de votre chaîne de télévision, jusqu'à une date récente, c'est moi qui le dis » répliqua sèchement Malik.

« Comme vous le savez, les autorités qataris l'ont expulsé en mai dernier. Comme il est interdit de séjour dans tous les pays du Golfe et recherché en Egypte, il n'a guère de pays d'exil. Il fait les yeux doux à la Turquie de Recep Tayyip Erdogan. On l'a annoncé en Tunisie. Le Maroc a démenti… A vrai dire, je ne sais pas où il se trouve en ce moment. »

« Pourriez-vous vous renseigner discrètement ? Je suis certain que les autorités qataries ont une idée précise de son lieu de villégiature actuel. »

« Mais pourquoi cet intérêt pour Yussuf Al-Qaradawi ? » réitéra la journaliste.

« Parce qu'il a fait des déclarations non ambiguës justifiant le viol d'occidentales, coupables à ses yeux d'indécence dans leur vêture, et, parce que la voix de l'homme de la vidéo pornographique a, cela ne vous a pas échappé, une intonation qatarie. »

La journaliste accusa un instant l'attaque de Malik mais tenta de reprendre l'initiative.

« Et cela vous suffit à soupçonner le Qatar d'implication dans cette sordide affaire ? »

« Le Qatar, non, des qataris, peut-être. Puis-je compter sur votre collaboration ? »

La journaliste ne répondit pas et Malik décida de jouer son atout.

« Pourriez-vous aussi vous renseigner au sujet du semble-t-il ressortissant qatari, Abou Moatassam al-Bahreïni que son compagnon de combat, Abou Landen al-Harbi, annonce sur sa page Facebook, le 23 octobre 2014, être tombé au combat. Si vous pouvez avoir des indications sur le nombre de qataris partis faire le djihad au sein des rangs de Dah'ech, cela me serait également utile. »

« OK, OK. Je me renseigne, mais vous faites fausse route. »

« Merci. A bientôt, donc. »

Malik raccrocha en ayant la désagréable impression d'avoir allumée une mèche lente.

La journaliste ne reviendrait pas à lui, ou alors, avec des informations sans valeur déjà publiées. Il avait donné un coup de pied dans la fourmilière qatarie, il fallait maintenant observer leurs contre mesures.

20 - La mondaine

Malik avait acquis la conviction que Marie n'était pas partie en Syrie et doutait que le Qatar malgré l'accent qatari de la voix de la vidéo fût impliqué. Il était probable qu'elle était encore en France.

D'expérience, les personnes enlevées contre leur gré sont souvent détenues très près de leur domicile pour éviter tout trajet risqué; il décida de centrer, au moins dans un premier temps, ses recherches sur un éventuel lieu de détention sur l'arrondissement de Lille. La qualité technique de la vidéo HD et l'absence de communiqué de revendication de Dah'ech, lui suggéra d'épuiser l'hypothèse d'une vidéo pornographique authentique produite sur un très provocateur scénario par une actrice ayant une forte ressemblance avec Marie.

Malik avec réticences comprit qu'il devait aller plonger dans les sordides arrière-cuisines des films tournés en une journée avec des comédiens hardeurs payés quelques centaines d'euros.

Il appela la Brigade de répression du proxénétisme de Paris pour avoir la consultation d'un expert. Le capitaine Jean-François Deûle lui donna rendez-vous à son bureau rue de Lutèce dans le 4e.

Jean-François Deûle avait les codes vestimentaires du flic qui passe inaperçu dans un métro. Le jean et le blouson basiques, les baskets, le sac en bandoulière d'étudiant attardé. Nombre de ces flics étaient comme Malik diplômés de droit et faisaient avec conviction leur travail sans jouer pour autant aux cowboys. Seule sa coupe de cheveux, un peu trop stricte, aurait pu le révéler aux yeux d'un malfrat physionomiste.

« J'imagine que vous venez pour la vidéo de la djihadiste qui fait le buzz sur le Net ? »

« Oui, qu'en pensez-vous ? »

« Nous, on pense que... c'est une vidéo postée par Dah'ech et on vous laisse le bébé… »

« Nous n'avons pas reçu de communiqué de Dah'ech par une voie certifiée revendiquant cette vidéo donc on doit épuiser les autres hypothèses notamment celle d'une vraie vidéo pornographique. Une sorte de pastiche douteux. Nous avons besoin de votre coopération. »

« Vous savez, on s'occupe peu de l'industrie du cinéma pornographique sauf quand on a des raisons de penser qu'il relève d'une forme de traite de femmes notamment de mineures. On traque en priorité les pédophiles. D'ailleurs, pour parler franc, je ne l'ai pas vu votre vidéo. On peut la regarder pour que je voie si cela m'inspire quelque chose d'utile pour vous ? »

Le capitaine de 'la Mondaine' regarda attentivement la vidéo, faisant même quelques retours et arrêt sur images.

« Alors ? »

« Alors. Des vidéos de viols réels se vendent sous le manteau mais cela aurait été la première fois qu'une telle vidéo aurait mise en ligne et pour quel bénéfice ?

Certaines actrices du porno réussissent très bien à simuler l'orgasme de manière crédible donc elles pourraient aussi bien simuler le viol. Mon impression, c'est que ce n'est pas simulé. Le scénario n'est pas du tout dans le genre obligé des films de cul. Il manque toute la partie préliminaires et ce n'est pas franchement jouissif, même pour des mecs frustrés. Non, décidément, ce n'est pas le genre de vidéo qui excite les mateurs habituels sauf peut-être les pervers. Techniquement, c'est de qualité médiocre. Peu d'éclairage, mauvaise prise de son, image HD mais ça, on l'a maintenant avec un simple smart phone. Ils n'ont pas mis les moyens techniques, la vidéo est trop courte, pour un usage commercial. Ils n'ont fait qu'une seule prise, sans coupure donc c'est vraiment du 'live'. Généralement, les vidéos porno ont plusieurs coupures soit pour enlever les moments moins 'hot' soit pour concaténer plusieurs coïts en donnant l'impression au spectateur que l'homme a réussi à se retenir une demi-heure. Seuls les moines pratiquant le sexe tantrique y arrivent, paraît-il. En synthèse, cela me semble un vrai viol tourné par des salops qui avaient une caméra ou un smart phone HD dans une cave ou un garage. Pour ce qui est du drapeau noir islamiste, c'est votre rayon. »

« Avez-vous néanmoins une idée d'un producteur spécialisé dans les films porno violents qui pourrait avoir eu l'idée tordue de faire une vidéo 'politique' ?

« Vous savez, la plupart des producteur de films porno français sont des analphabètes bien incapables de s'intéresser à la politique. Le seul qui dépasse de la tête et des épaules, c'est Dorcel, père et fils, mais ils ont un business ayant pignon sur rue. Sinon, ce sont des artisans du sexe, des médiocres, des gagne-petit. Les films d'amateur ont tué le marché du porno de papa. Il y a bien sûr les sites spécialisés en porno ethnique comme FuckBeurette et autres sites loukoums, sauf votre respect » s'interrompit Deûle, craignant d'avoir heurté Malik, son collègue beur.

« Aucun souci; le loukoum, c'est ottoman, moi, je suis de descendance marocaine » répondit plaisamment Malik.

« Oui. Donc, pour en revenir aux sites de porno arabisant, je ne vois pas bien le mélange entre sexe et djihad. Une partie majeure de leur audience est musulmane. Il y a bien des vidéos de femmes voilées mais, de là à mettre en ligne un viol et de provoquer le scandale chez les salafistes et autres Frères musulmans, je n'y crois pas trop. De toute façon, la fille n'a pas le look de Tabata Cash. Surtout, elle est à mon avis française, pas arabe. »

Malik opina :

« Ce qui nous trouble, c'est que la fille est effectivement française. On l'a identifiée, c'est une jeune fille du Nord de la France. Elle a été embrigadée, semble-t-il, par les recruteurs islamistes mais on ne comprend pas pourquoi elle aurait été châtiée par un viol par des djihadistes. Les djihadistes ne se cachent pas de faire la propagande pour le 'Djihad par le sexe' en valorisant les femmes qui les rejoignent pour se marier à des combattants voir servir de repos du guerrier. Dah'ech a ainsi publié un communiqué en juin 2014 appelant les femmes célibataires des provinces 'libérées' de Ninive à se livrer au 'Jihad nikah', littéralement 'copulation juridique pour le Djihad, pas au mariage, Zawaj, en arabe, copulation juridique. Les propagandistes leur promettent la récompense divine. Mais cette vidéo n'est pas vraiment une communication positive ! »

« Oui, mais que s'exclame l'un des hommes ? Pouvez-vous me le traduire ? »

« Salle Roumie, tu ne mérites pas de porter le hijab, tu n'es qu'une mécréante » traduisit Malik. « Roumie, pour romaine, c'est à dire infidèle. La propagande islamiste utilise aussi Croisé. La revendication d'un émirat fondé sur la tradition des premiers siècles de l'Islam explique ce vocabulaire daté. »

« Pourquoi ne pas prendre la phrase au sens littéral ? » s'interrogea le capitaine de la Brigade de répression du proxénétisme, « Elle a voulu porter le voile, donc elle s'est convertie, mais l'homme ne la juge pas digne de porter le voile islamique, donc elle a commis une faute par rapport à la foi musulmane. La question est : quelle faute ? »

« Oui, quelle faute ? J'ai fait comme vous cette déduction, mais nous n'avons aucun indice dans la vidéo, donc on est obligé d'épuiser toutes les hypothèses. Pour en revenir à ceux qui font des films pornographiques violents, pourriez-vous faire une enquête discrète à toutes fins utiles. »

« Pas de problème. On les tient assez bien par les parties honteuses car on les connaît tous; ils savent qu'on peut gêner leur business du jour au lendemain. Je vais passer quelques coups de fil et vous dirais cela dans la soirée. »

21 - Salons de massage et réseaux de call girls

Malik rentra au bureau. Deûle fut de parole. Il rappela en fin d'après midi pour confirmer que, tous les boutiquiers du film de cul arabisant qu'il avait contactés, avaient juré, avec l'accent de la sincérité, selon lui, leurs grands dieux qu'ils n'avaient rien à voir dans cette vidéo.

« Pourquoi prendre le risque de se faire descendre par un djihadiste allumé en tournant en dérision ces dingues en diffusant une vidéo qui ne nous rapporterait rien ? m'a objecté assez logiquement l'un de ces producteurs. » relata le capitaine de la Brigade de répression du proxénétisme.

La réalisation d'une vidéo faussement attribuée à Dah'ech pouvait sembler, en effet, aberrante mais, dans cette guerre, moyenâgeuse par les crimes perpétrés, et du XXIème siècle par la propagande internet, la bataille de l'image était parfois décisive.

La mise en ligne le 12 octobre 2014, par la télévision kurde, Kurdat TV, via internet, d'une vidéo parodiant les combattants de l'Etat islamique montrés comme un orchestre de rock jouant avec leurs kalachnikovs chantant : « nous sommes sans cervelles,... nous trayons le mâle de la chèvre... nos poches sont pleines d'argent qatari... nous voulons le Djihad et du sexe... nous aimons le sang... nous abattons la colombe dans le ciel... » montrait pourtant que la propagande pouvait recourir à l'humour, donc pourquoi pas la pornographie ?

« Et sur la piste des salons de massage ou d'un réseau de call girls de luxe pour princes arabes ? » relança Malik, sans trop y croire.

« Pareil. Les Dédé la Saumure et Cie ne sont pas aussi cons pour se mettre ces fous à dos. Le principe de leur business est discrétion. Les sauteries de Dominique Strauss-Kahn au Carlton de Lille ont, certes, permis au Carlton d'augmenter les tarifs de la 'Suite DSK', pour libidineux en goguette, au tarif d'un palace parisien, mais compliqué le business pépère des partouzes pour adultes consentants. Baiser discrètement, telle est la devise des hommes mariés qui fréquentent les salons de massage et bars à pute. On a bien eu il y a quelques temps un cas similaire, il y a quelques années, de jeunes écervelées disparues. Je venais de débuter à la Brigade. J'ai du enquêter pour retrouver trois jeunes danseuses marseillaises qui s'étaient fait recruter par une petite annonce parue dans le Provençal, pour aller donner, soi-disant, des représentations au Caire et qui s'étaient retrouvées enfermées dans un bouge de Bagdad, sommées de se prostituer pour récupérer leurs passeports confisqués par un réseau de traite de blanches. Dieu merci ! L'une avait réussi à conserver son portable. On l'a retrouvé par géolocalisation et une équipe de la sécurité de l'ambassade de France a réussi à les exfiltrer des mains des arsouilles. Quand aux réseaux de call girls pour princes arabes, c'est dans le mannequinât et les actrices ratés qu'ils recrutent, pas chez les ados en mal d'engagement intégriste. Marie Seclin n'a, à mon avis, rien d'une beauté pour attirer sur elle un rabatteur pour ces réseaux. Les derniers réseaux de call de girls de luxe que nous ayons démantelés sont celui de Elie Nahas qui recrutait des filles pour Kadhafi, celui de Olga M. surnommée 'madame Vika', fournisseur de jeunes beauté de l'Est, ou encore celui d'Al Ladki qui fournissait en chocolats la famille royale saoudienne. Les filles gagnent plusieurs milliers d'euros en une nuit, plus des cadeaux, car ces VIP arabes sont généreux s'ils sont satisfaits. On est là dans la prostitution de luxe, rien à voir, à mon humble avis, avec votre sordide vidéo porno arabisante. Ceci étant, pour infiltrer les réseaux de call girls aujourd'hui actifs sur Paris, il vous faudrait quelques milliers d'euros et réserver une suite dans un palace parisien, je ne suis pas certain que cela passe en frais de mission » blagua le capitaine Deûle.

« Oui, je ne crois pas que je vais perdre mon temps et l'argent du contribuable à me faire passer pour un émir lubrique » répondit sobrement Malik « chacun son métier… » ajouta-t-il pour moquer la réputation de la Mondaine de 'goûter les plats' avant de procéder aux saisies par corps.

« Bon, je vous souhaite donc bonne chance pour la suite de votre enquête. J'ai rentré la fiche de votre disparue dans notre base. On garde une veille, à toute fins utiles. »

« Merci. »

Malik, mentalement, barra une piste de plus sur la liste des pistes à tracer :
Syrie : à date, non
Qatar : très peu plausible
Cinéma porno, bars à putes, réseaux de call girls : non

Il fallait reprendre la piste déjà très refroidie à Marcq-en-Barœul, dans le Nord et refaire une enquête de voisinage autour de Marie ainsi que de relancer un filet électronique sur les échanges internet reçus et émis par elle.

22 - Tentative d'intimidation

Presque minuit. Malik attrapa un des derniers métros de la ligne 8, au terminus, station Balard, pour rentrer chez lui. Il habitait rue de Reuilly, dans le 20e. La station Montgallet était en direct sur la ligne 8 et ce trajet quotidien, sans changements, d'environ trente-cinq minutes, permettait le matin à Malik d'organiser sa journée le matin et le soir de tirer un bilan pour le lendemain.

Encore une journée frustrante.

Dans le bourdonnement chaloupé du métro, Il récapitula dans sa tête l'état du dossier :
- la vidéo n'est pas une vidéo pornographique produite par un producteur de films pornographique
- Dah'ech n'est probablement pas l'auteur de la vidéo
- Marie Seclin n'a pas été repérée en Syrie
- si elle est encore vivante, elle est très probablement encore en France
- vu le profil de la victime, le canular est très peu plausible.

Malik comprenait que la clé se trouvait dans l'insulte proférée par l'homme de la vidéo mais la phrase restait obscure.

Il lui fallait reprendre 'à l'ancienne' par une enquête de voisinage à Marcq-en-Barœul tout en utilisant les moyens de la police du XXIe siècle : l'infiltration informatique.

Demain matin, il faut que j'annonce à Madeleine que je dois partir plusieurs jours en province, prit-il en note mentale.

Malik était perdu dans ses pensées et n'avait pas prêté attention à deux costauds qui étaient montés avec lui dans le wagon à la station Balard.

Regardant sa montre, il leva les yeux et aperçut les deux hommes. Ils n'étaient pas sur le quai quand il était entré sur le quai, donc ils le suivaient, fut la réflexion immédiate de Malik, entraîné aux filatures et contre filatures. L'un des hommes le fixait mais détourna le regard se sentant dévisagé par Malik. L'autre regardait à droite et à gauche, dans la rame formée de plusieurs wagons articulés comme une chenille, semblant surveiller si des voyageurs rejoignaient leur compartiment.

Les deux types étaient très calmes, trop calmes. Ils ne parlaient pas. Ils n'avaient ni sac, ni cartable, ni outil de métier et respiraient la force. L'un avait le crane rasé, l'autre les cheveux dans le cou, tous deux une physionomie caucasienne, les mains dans les poches de leurs blousons.

« Pas le genre de type qui sortent du cinéma ou du boulot » pensa Malik dont les sens se mirent en alerte par entraînement.

Ces deux sbires ne lui disaient rien que vaille. Non pas qu'il ait peur car il était formé pour affronter des situations dangereuses mais il n'avait pas son arme de service sur lui et mieux valait évaluer la situation que de négliger un danger éventuel.

Le gars qui semblait faire le gué, tourna la tête. Malik aperçut ce qui semblait bien le cordon d'une oreillette, dissimulé par ses cheveux.

Il décida donc de pratiquer, en toute urgence, ce qu'on appelait dans le jargon, une 'manœuvre d'évitement'. A la station suivante, Ecole Militaire, Malik descendit de la rame pour attendre la rame suivante. Il était déjà minuit passé. Le quai était désert et donc il lui fut aisé de constater que les deux gars étaient descendus comme lui de la rame et attendaient quelques dizaines de mètres plus loin le prochain mouvement de Malik.

« La chasse a démarré » pensa Malik, sans paniquer. Il avait laissé son arme de service au bureau. Il allait donc devoir filer en astuce.

L'écran du quai affichait : 'dernière rame : 8 minutes'.

« Option 1 : je prends le prochain métro mais je n'ai pas envie de ramener ces deux zigotos chez moi en prenant le risque de leur indiquer mon domicile.
Option 2 : je sors de la station, prends refuge dans la loge du contrôleur et appelle des collègues mais, à cette

heure, il n'y a certainement plus d'agent de station, donc ce n'est pas bon.

Option 3 : j'appelle de mon portable dès maintenant mais s'ils me voient sortir mon portable, s'ils sont vraiment des méchants, ils vont se précipiter sur moi et, de toutes façons, le temps que la patrouille arrive ou soit appelé par la vidéosurveillance de la RATP je serai mal-en-point… Impossible de faire un sms en loucedé, ils me surveillent...

Option 4 : ils attendent un moment et un lieu propices car ils pensent que je suis armé et donc c'est à moi de réussir à les semer en bluffant. »

Malik en était là dans ses réflexions quand la rame entra en un soufflement presque silencieux grâce à ses pneus de caoutchouc. C'était une rame automatique donc sans chauffeur pouvant être d'un quelconque secours. Aucun voyageur ne sortit de la rame à cette heure tardive.

Malik prit le parti de tenter le coup. Il monta dans la rame. Les deux escogriffes également. Malik se dirigea alors d'un pas résolu vers eux, ce qui les déconcerta. Ils devinrent manifestement nerveux hésitant à sortir leurs armes car ils savaient que toute la rame était vue par les caméras de vidéo de surveillance embarquées. La sonnerie annonçant la fermeture des portes retentit; d'un élan, Malik réussit à sortir de la rame, par un mouvement de profil rapide, avant que ses deux ennemis ne puissent en faire de même. Il vit l'un des hommes se saisir de son portable et crier dans le téléphone.

La rame, emportant la menace, s'éloigna dans le tunnel en direction de Créteil.

Malik décida de sortir de la station sans tarder pour chercher un taxi et rentrer chez lui car il avait laissé partir la dernière rame et mieux valait éviter la ligne 8 pour cette nuit. Le danger était passé, demain il évaluerait le danger en récupérant les images de la vidéosurveillance.

Malik traversa l'avenue La Motte-Piquet pour se diriger vers une station de taxi, à l'angle La Tour-Maubourg, ou stationnait, surprenamment en cette heure tardive, un taxi, une Peugeot 508.

Engagé au milieu de la chaussée, il entendit dans son dos le bruit d'un moteur lancé à plein régime. Instinctivement, il se jeta sur le côté, sentant le souffle de la voiture qui le heurta de son rétroviseur. Une BMW, reconnut-il, qui roulait tous feux éteints et dont, redressé sur un coude, il ne put relever la plaque minéralogique.

Le chauffeur de taxi qui sommeillait dans son tacos, sortit prudemment de sa voiture et lui demanda : « Qu'est-ce qui se passe ? Vous avez vu ce chauffard ! »

« Oui, j'ai vu mais, vous, avez-vous pu apercevoir le chauffeur ? »

« Non, j'ai entendu un coup de frein..., non plutôt un dérapage de pneus…, qui m'a réveillé. J'ai vu une voiture s'enfuir. Une berline, une BMW je crois. »

« Vous avez pu noter quelques numéros de la plaque ? »

« Non, désolé. »

Le chauffeur de taxi ferma les yeux un instant pour se rejouer mentalement la scène.

« Si, un détail. Je crois bien que ce n'était pas une plaque d'ici. Les chiffres étaient bizarres. Une numérotation étrangère. »

Malik écrivit à tout hasard quelques chiffres sur son calepin qu'il montra au chauffeur.

« Comme ceux-là ? »

« Oui, comme ceux-là ! C'est quoi comme langue ? »

« De l'arabe » répondit sobrement Malik.

Ces types étaient vraiment venus pour le tuer. Ils avaient essayé à deux reprises. Mieux valait ne pas moisir ici.

« Ecoutez. Je suis policier » annonça Malik en exhibant sa carte de service.»Vous allez m'emmener d'ici tout de suite ! » intima Malik en montant dans le taxi.

« Oh ! Oh ! C'est dangereux votre truc ? » s'inquiéta le chauffeur.

« Votre voiture est réquisitionné. Dépêchez-vous car ils pourraient bien revenir… »

Le taxi prit sa course.

« Où allons-nous ? »

« Je ne sais pas. Si. Conduisez-moi Quai des Orfèvres par le Boulevard Saint-Germain. Evitez les petites rues. Restez sur les grands axes. »

Pendant que le taxi remontait l'avenue La Tour Maubourg, Malik envoya, de son téléphone personnel, un sms annonçant à Madeleine qu'il 'découchait' et l'appellerait le lendemain matin puis commença à rédiger un mail à Morel pour lui raconter l'attaque et livrer les quelques indices recueillis. Comme cela Morel trouverait cela le lendemain en ouvrant sa boite. Inutile de le réveiller au milieu de la nuit mais s'il arrivait quelque chose à Malik, il y aurait une trace 'post mortem'. C'était la procédure normale et Malik refusait encore de se paniquer mais il avait décidé d'aller passer la nuit à la Préfecture de Police, sans retourner chez lui ce soir, le temps de reprendre ses esprits et de réfléchir. Il avait aussi l'intention de demander à une voiture de patrouille de venir faire le gué devant chez lui pour s'assurer que sa famille n'était pas menacée mais inutile d'affoler Madeleine à ce stade, jugea-t-il.

Le taxi dut s'arrêter à un feu rouge devant le quai d'Orsay, avant de remonter la rive gauche en direction du Quartier latin pour rejoindre l'île de la Citée par la place Saint-Michel.

Dans un fracas de tôles écrasées et de vitres volant en éclat, la Peugeot fut soulevée par l'impact d'une voiture bélier, remontant à toute allure la contre-allée, qui heurta le taxi par la gauche. Le chauffeur, frappé de plein fouet, était, sans mouvements, écroulé sur l'air bag qui s'était déclenché. Malik, sans un instant de réflexion, ouvrit sa portière et se mit à courir sur le Quai d'Orsay, à contresens, au milieu des rares voitures qui remontaient le Quai d'Orsay vers Alma. Les automobilistes pilaient devant lui en klaxonnant puis, baissant leur vitre, l'injuriaient. Malik comptait sur la confusion pour gagner quelques minutes de répit, le temps que ses agresseurs aient rebroussé chemin pour le pister ou appelé encore de nouveaux complices. Trop tard pour appeler des secours. Malik devait sauver sa peau tout seul. Il entendit un cri de pneu, se retourna et aperçut la voiture bélier, un gros quatre-quatre noir Audi fuir en direction du pont de l'Alma.

A cette heure tardive, la circulation était presque inexistante et Malik comprit qu'il ne pourrait rejouer Dustin Hoffman, échappant aux nazis dans Marathon man. Il se rappela alors qu'il y avait un poste de police, rue Fabert, à l'angle de l'esplanade des Invalides, à trois cents mètres environ. Il décida de courir y chercher protection. Épuisé par sa course, il se retourna un instant. Aucune voiture ne semblait le pourchasser. Le havre était proche.

Tournant le coin de la rue Fabert, Malik aperçut le panneau Police sur une facade. Le panneau était éteint. Ironiquement, une affichette suggérait au visiteur en cas d'urgence et de fermeture du Commissariat central du 7e arrondissement d'appeler le 17 'Police Secours'.

« C'est comme les pharmacies; quand on ne les cherche pas, on en croise plusieurs sur son chemin mais, en cas d'urgence, elles sont fermées » s'énerva Malik.

Il entendit la sirène d'une ambulance qu'il vit remonter l'avenue et s'arrêter auprès du taxi.

Se réfugier auprès de l'équipe médicale pouvait les exposer inutilement. Il devait se débrouiller seul.

Malik savait qu'il restait exposé comme un lapin, sans ronceraie pour se protéger du chasseur. L'esplanade des Invalides le révélait au regard d'un possible agresseur à un kilomètre à la ronde. Un sniper bien placé pouvait faire un carton. L'urgence était de quitter ce lieu dégagé sans protection. Aucune voiture de police en vue. Malik se remit à marcher, prit la première à droite, s'engageant dans la rue de l'Université. Un homme qui court est plus repérable qu'un marcheur, fut son raisonnement. Il s'arrêta dans la porte cochère de l'immeuble contiguë au magasin de caviar Petrossian et regarda s'il était suivi. Aucune menace immédiate mais il devait trouver un endroit protégé pour appeler du secours.

Le 7e arrondissement n'était pas le quartier de prédilection de Malik qui habitait dans le 20e et travaillait dans le 15e. Lisant le nom de la rue qui rejoignait la rue de l'Université, il tenta de se repérer. Le nom de la rue, Surcouf, lui sembla curieusement familier. Il réalisa que la journaliste d'eTV, Malika Tenckro, habitait dans cette rue. Malik avait mémorisé l'adresse sans même y prêter attention, par déformation professionnelle. Il retrouva la carte de la journaliste dans son portefeuille. Elle habitait à dix numéros de là où il se trouvait, à côté d'un restaurant annoncé comme 'Le petit Quai d'Orsay', fermé à cette heure tardive. La rue semblait déserte.

Malik, rasant le mur, trouva un abri des regards, dans le hall d'un immeuble de bureaux qui formait angle avec la rue de l'Université bureaux. L'immeuble était complètement, obscur à cette heure de la nuit. Les 'agents de surface' étaient soit déjà partis, soit pas encore arrivés. Aucune loge de garde allumée. Le hall sombre offrait une perspective sur la rue où habitait la journaliste et la rue de l'Université et la rue Surcouf. On apercevait plus haut les lumières de l'esplanade des Invalides.

24 – Christina

Malik aurait du se cacher là et appeler une voiture de patrouille pour le sortir du pétrin mais il fallait escompter au minimum cinq minutes voir plus et il y avait à portée de main un refuge. Malik appela la journaliste sur son portable.

La voix, surprenamment pas du tout endormie, de la journaliste répondit rapidement à son appel.

« Christina Tenckro ; qui est à l'appareil » interrogea calmement la journaliste malgré l'heure tardive.

« Lieutenant Malik. Désolé de vous déranger à cette heure tardive. »

« Oh, c'est vous ! Quelle heure est-il ? … Une heure moins le quart. Ce n'est pas une heure catholique, si vous me permettez cette formulation » plaisanta-t-elle comme s'ils s'étaient quittés quelques heures auparavant et que son appel était parfaitement naturel.

Trêves de gracieusetés, Malik devait prendre un parti.

« Ecoutez. Je suis au pied de chez vous. J'ai quelques méchants aux trousses et, le temps que la brigade légère vienne me protéger, puis-je venir m'abriter chez vous ? »

« Un policier en détresse. Comme c'est romantique. Je vous ouvre. J'habite au 3e. »

Un buzz libéra la porte cochère et Malik se glissa à l'intérieur après un dernier regard dans la rue qui restait déserte et silencieuse.

Christina l'attendait tranquillement au pas de sa porte, habillée comme si elle venait d'arriver ou s'apprêtait à partir.

« Les journalistes vous êtes comme nous autres, les policiers, vous n'avez pas d'horaires… » lança Malik.

« A vrai dire, j'étais en train de boucler un papier pour le journal du matin. Devinez sur quoi ! Le djihad. Mais vous avez peut-être des nouvelles fraîches à m'annoncer. Si je vous ai bien compris, on vous pourchasse. C'est donc que vous avancez dans votre enquête. Bonne nouvelle. Pouvez-vous m'en dire plus ? Mais excusez-moi, je suis déjà en train de vous interviewer, vous avez peut-être besoin d'appeler vos collègues ou que je vous serve un verre. Remarquez les deux ne sont pas exclusifs. »

Malik avait traversé la pièce et surveillait la rue en contrebas. Aucun signe de passage. Pas de passants. Il avait noté en entrant dans la rue que comme beaucoup de rues parisiennes, il ne restait pas une seule place de parking disponible. Une voiture faisant le gué aurait du stationner en double file.

La colère avait succédé à la peur chez Malik. Il était furieux d'avoir été pourchassé comme un gibier. Appeler une voiture de patrouille maintenant ferait automatiquement repérer l'appartement de la journaliste par tout ennemi. Il l'avait déjà compromise contre toute raison, en venant chez elle. L'enquêteur, qu'il était, préférait maintenant attendre le prochain mouvement hostile pour chercher à identifier l'attaquant.

Le chauffeur de taxi avait été secouru par le Samu, il ne pouvait rien pour lui. Demain, il faudrait rechercher les éventuelles caméras de surveillance qui auraient pu, dans ce quartier de ministères et d'ambassades, garder l'image du véhicule bélier.

Les débris de peinture sur le taxi ne seraient pas de grand secours car la voiture bélier, se souvint-il alors, était munie de chasse-vache, ces énormes pare-chocs qui sont normalement interdits. Au moins, cela rendrait plus facilement repérable la voiture sur d'éventuelles images vidéo mais ces types étaient trop organisés pour ne pas s'être déjà débarrassés de la voiture, probablement volée. Bizarre qu'ils aient utilisé une BMW avec une plaque minéralogique que Malik devinait, intuitivement, immatriculée dans le Golfe. Probablement étaient-ils un peu dans la panique après le ratage du métro et ils n'escomptaient pas un second loupé. Un Malik écrasé au milieu d'une rue déserte laissait peu d'indices et il aurait été bien difficile de remonter à la voiture probablement déjà planquée dans un box privé voire protégé par une immunité diplomatique.

Malik se faisait à toute vitesse ces réflexions. Il prit conscience de son impolitesse en entendant son hôtesse lui demander : « Alors, un petit whisky ou une camomille ? »

« Décidément, elle ne s'affole jamais. » pensa Malik, se souvenant qu'elle avait gagné ses galons comme grand reporter dans des pays en guerre dans les années 90.

«Whisky, si vous avez » s'entendit répondre Malik.

Revenant avec deux verres et un flacon de Single Malt Glen Grant millésimé 2007, Christina l'invita du regard à s'asseoir dans le canapé devant la table basse.

« Je suis vraiment confus » dit Malik en prenant son verre.

Christina surprit le regard de Malik sur l'étiquette du whisky de luxe.

« Le cadeau d'un ex… » commenta-t-elle sobrement puis reprit :

« Alors, vous appelez vos collègues à la rescousse ou vous me racontez ? »

Malik décida de garder le récit détaillé de son aventure interne pour la DGSI.

« Je pense que mes agresseurs ont perdu ma trace mais je ne veux vous faire courir aucun risque. Ce qui m'ennuie, c'est que si je fais venir une voiture même banalisée cela peut faire repérer votre habitation. Ces gens sont dangereux. J'ai fait une connerie en vous compromettant. »

« Bon, maintenant que c'est fait, inutile de se battre la coulpe. Des menaces, j'en ai reçues pas mal dans ma carrière. Le mieux serait quand même que vous restiez ici une paire d'heures, le temps qu'ils se lassent et demain est un nouveau jour... »

Malik revint à la croisée pour observer la rue. Rien ne bougeait.

« Vous avez raison, le mieux serait que je parte demain matin quand les rues seront à nouveau fréquentées. La foule est ma meilleure alliée. Je ferai un saut jusqu'au poste de police de la rue Fabert, situé à cinq minutes de chez vous, et de là j'irai avec escorte rejoindre mon service pour prendre les dispositions nécessaires. »

« OK, je vous garde pour la nuit mais ce serait justice que vous me racontiez un peu, sinon vos aventures de ce soir, au moins où vous en êtes dans votre enquête. Ce sera du off, je vous le promets mais la nuit nous semblera plus courte. Il faut quand même que je dorme quelques heures pour ne pas être trop décalquée demain mais ma curiosité est très excitée par votre arrivée nuitamment. »

Malik comprit alors qu'il allait devoir se confier sur les difficultés de son enquête et, curieusement, il s'en trouva presque soulagé de pouvoir confronter ses réflexions avec l'intelligence aiguë de la journaliste.

Il refit un laconique sms à Madeleine pour lui dire qu'il ne rentrerait que le lendemain, une urgence le retenait au bureau. Madeleine trouverait le sms à son réveil.

Il fit ensuite à Christina une synthèse des éléments acquis et de ceux qui restaient ouverts dans son enquête, gardant sous silence le détail des moyens techniques employés, sachant que la journaliste d'investigation n'aurait pas de mal pour les deviner.

Christina l'écoutait, attentivement, les jambes repliées sous elle à l'autre bout du canapé, sirotant son whisky, interrompant Malik dans sa narration par des questions pertinentes qui cernaient plus précisément les faits et les conjectures.

« Je partage votre analyse. Tant qu'on ne comprendra pas ce dont Marie s'est rendue coupable, on est dans la purée de pois. La clef est détenue par son recruteur, le 'Bisounours'. Si vous retrouvez l'identité de ce mystérieux correspondant de Marie, vous saurez qui sont les commanditaires et les acteurs de cette vidéo et, avec un peu de chances, vous retrouverez Marie. »

La journaliste avait superbement reformulé l'état du dossier d'enquête. Malik ne trouva rien à ajouter.

Malik sans y prêter garde s'était laissé resservir deux verres de whisky par Christina.

La fatigue le frappa comme un coup de massue sur la nuque.

Christina se rendit compte de l'épuisement de Malik, ressentant, par empathie, sa propre fatigue.

« On va se coucher ! » annonça-t-elle. 'Mon Dieu ! Déjà deux heures trente. Je vis seule ici comme vous avez du le comprendre… je vais chercher une paire de draps et une couverture, vous pourrez dormir sur le canapé. »

Se levant d'un coup, ses jambes dont la circulation avait été coupée par sa position, ne la portèrent pas. Elle vacilla. Malik la retint dans ses bras alors qu'elle menaçait de tomber sur la table basse. Sans aucune anticipation, son bras droit saisit le poignet Christina tandis que son bras gauche entourait son dos. Il sentit la courbure de ses fesses sous sa main. Le désir vint, urgent, impérieux. Il tenta de se dégager par respect pour la femme mais celle-ci entoura sa nuque de sa main et l'embrassa.

Ils firent l'amour sur le canapé. Malik fut réveillé dans le lit de Christina par l'odeur du café.

Comme deux adolescents, ils évitaient de se regarder. Ce n'était pas un de ces matins glorieux où les deux amants d'une nuit, plaisantent autour des viennoiseries. Christina savait que cette nuit serait la dernière. Sans regret, ni remord, elle buvait son café d'un air songeur, l'esprit déjà tourné complètement vers l'enregistrement de sa matinale dans le studio de eTV. Malik établissait son plan d'actions pour la matinée. Ils n'étaient plus des étrangers, pas encore des amants.

Ils ne se promirent rien, ni de se revoir ni de s'éviter. Ils se quittèrent sans se serrer la main, cela leur aurait semblé dérisoire. Elle lui sourit faiblement, il tenta de répondre à son sourire. Elle lui fit une bise rapide sur la joue.

Malik renonça à mêler les agents du poste de police de la rue Fabert à ses aventures de la nuit. Il prit le RER Invalides et, sans prendre le temps de passer chez lui, il alla directement à son bureau. Ils disposaient d'une douche et d'une tambouille pour faire face aux astreintes fréquentes. Et puis, une pudeur retint Malik d'aller se doucher et embrasser son épouse au sortir du lit adultère.

Une alerte sur l'émission de Christina du jour ressortit dans la revue de presse du matin que consultait Malik en fin de matinée. Il cliqua sur le lien url et le replay du journal de 8:00 d'eTV apparut à l'écran. Le visage de Christina sérieux, regardant le téléspectateur droit dans les yeux, occupa l'écran de l'ordinateur. Dans ses écouteurs, Malik entendit la voix maîtrisée, professionnelle de la journaliste informer que Kobané « tenait toujours ». Son intervention semblait achevée, pourtant la journaliste reprit après une brève pause :
«... Enquête sur la vidéo pornographique djihadiste : aucune avancée dans l'enquête. Selon nos informations, la police ignore si la jeune femme est encore vivante. Dah'ech n'a pas toujours pas revendiqué cette vidéo qualifiée de 'provocation' de la CIA par certains sites islamistes. La voix de l'homme de la vidéo aurait un accent qatari. »

Malik comprit que la femme, dédaignée, répudiée, humiliée, se vengeait de cette nuit frustrante et de son départ minable. La journaliste relançait, d'un grand mouvement de bras, la roue à aube médiatique qui allait brasser des flots turpides de rumeurs et de désinformation.

25 - e-infiltration

Malik reçut le rapport du service technique de la DGSI à qui il avait confié l'ordinateur de Marie pour essayer de 'le faire parler'.

Le rapport, rédigé comme une autopsie, avec la liste de étapes du désossage physique et logique de la machine débutait par la configuration matérielle et logicielle du PC :
Système d'exploitation, navigateur internet, logiciels pare-feu, programmes principaux. Rien que de très banal. L'ordinateur était un portable HP Pavillon d'entrée de gamme dont la dernière mise à jour automatique, celle de l'anti-virus, remontait au 19 octobre 2014.

L'historique des navigations internet confirmait une dernière connexion au le 22 octobre mais la liste des sites consultés, historicisée automatiquement par le navigateur Chrome, avait été manuellement effacée par Marie. La manipulation était assez simple et décrite sur tous les forums d'internautes mais elle n'était pas habituelle pour un internaute lambda.

Le dump des disques durs de l'ordinateur fournissait plus d'informations utiles.

Marie avait pensé effacer l'ensemble de ses fichiers dont certains fichiers créés en mode caché mais le système d'exploitation conservait une copie désindexée des fichiers poubellisés que la manipulation basique de Marie n'avait pas détruit. Par le point de restauration, le spécialiste informatique de la DGSI avait pu aisément reconstituer les fichiers que Marie avait mis à la corbeille.

Les archives occultées, mais non détruites, de Marie comportaient toute une série de fichiers de la période antérieure à sa conversion : des images de mode, des chansons, des films piratés, des vidéo Youtube,... tout le fatras habituel d'une adolescente banale.

Un fichier, créé en mode caché, le 15 septembre 2014, sous le nom passe-partout Personnel, contenait des fichiers sur l'Islam et les mouvements fondamentalistes : des extraits du journal Inspire, des images de la guerre en Syrie, des copies d'articles de journaux sur les jeunes français partis faire le Djihad, des modes d'emploi à l'usage des internautes rédigés par les terroristes pour protéger son ordinateur d'une consultation par un tiers.

La date de création du fichier caché, nota Malik, donnait un point de repère précis au début de l'auto endoctrinement de Marie. La période d'incubation islamiste avait été particulièrement rapide. Moins d'un mois avant que Marie ne cesse d'aller au lycée et qu'elle ne fugue le 22 octobre. Le coup de foudre pour Bisounours, son probable recruteur, avait contribué, estima Malik, à un aussi rapide ralliement. La date d'archivage des fichiers du dossier caché permettait de reconstituer le cheminement de Marie/Maryam, d'un intérêt général pour l'Islam à une lecture de la propagande la plus radicale des séides de Dah'ech puis à sa décision de partir faire le djihad.

Malik retrouva la littérature habituelle qu'il connaissait trop bien : une propagande conçue avec la sophistication de clips publicitaires, mélangeant images de guerre, dignes de Apocalypse now et enfants souriants jouant avec des armes factices dans les bras de leurs pères barbus. Des films peuplés d'hommes, que des hommes, pas de femmes ni de filles. Un univers masculin où la femme avait disparu. Dah'ech diffusait des recettes de cuisine pour préparer des nourritures roboratives pour les combattants mais cachait tout visage féminin.

Ayman al-Zawahiri , le successeur d'Oussama ben Laden à la tête d'Al-Qaïda, avait prôné le Djihad par la propagande comme un djihad aussi nécessaire et promis, aux mêmes récompenses au paradis ceux qui s'y livreraient, dignes du même sort que les martyres du djihad par les armes. Les mouvements islamistes radicaux, financés à millions par les états sunnites d'Arabie saoudite et du Golfe, disposaient de rédactions et de maquettistes de leurs divers magazines, blogs et sites internet rivalisant avec les meilleurs sites d'information occidentaux.

Des extraits d'Inspire, traduits de l'anglais au français par un auteur inconnu, figuraient en bonne part dans la librairie islamique numérique de Marie. La revue Inspire, distribué sur Internet, éditée par Al-Qaïda dans la péninsule arabique (Aqpa) depuis l'été 2010, a été lancé par Anwar al-Awlaki, surnommé le «Ben Laden d'Internet», terroriste impliqué dans la radicalisation du major Nidal Malik Hasan, l'auteur de la tuerie sur la base militaire américaine de Fort Hood en novembre 2009. Le comité rédactionnel comporte notamment Adam Yahiye Gadahn, dit Adam l'Américain, Yahya Ibrahim, un prédicateur ayant séjourné au Canada, ou encore Samir Khan, un Américain qui a longtemps entretenu un blog appelant au djihad, depuis sa banlieue new-yorkaise.

Beaucoup de ces propagandistes, dont al-Awlaki lui-même, avaient été capturés ou tués par des tirs de drones ces dernières années. De plus jeunes, à la tête desquels Adam l'Américain, avaient depuis pris le relais. Inpire fournit, dans un anglais parfait, toutes les informations pour devenir un djihadiste convaincu et déterminé : des conseils de fabrication de bombes, des témoignages de futurs martyrs et de leurs familles fiers du sacrifice de leur enfant, et toute la doctrine idéologique et religieuse nécessaire à la justification des actes les plus graves, nourrissant une auto-radicalisation indispensable au passage à l'acte. Inspire présente un djihad «cool» dans un langage direct lisible par des adolescents. Des exemplaires de la revue auraient été retrouvés jusque dans les geôles de Guantanamo.

Marie avait également consulté abondamment la propagande de l'agence de communication de Dah'ech : Al Furqan et de son bras média Al Hayat. Elle avait téléchargé plusieurs films, montés comme des clips hollywoodiens, montrant des combattants barbus leurs fils d'une dizaine d'années dans les bras, souriants, arborant des jouets, copies de kalachnikovs.

Au final, le rapport d'analyse de l'ordinateur confirmait la trajectoire sectaire de Marie et son profil de convertie au djihad mais ne fournissait aucune information utile pour la retrouver.

Malik consulta le fichier contact de son navigateur et lança un appariement sur la liste des camarades de classe de Marie. Il retrouva, sans surprise, ses deux copines : Léa Desumaux et aussi Marlène Kitnik et une vingtaine d'autres noms. Malik lança une sélection des contacts créés depuis septembre 2014. Deux noms ressortirent : celui de Mohamed Fitouni et celui d'un dénommé Pagny, sans prénom. Mohamed Fitouni, Malik connaissait, c'était l'éducateur de Marcq-en-Barœul qu'il avait rencontré le 3 novembre.

Pagny constituait une piste nouvelle. Malik lança une recherche des Pagny sur l'annuaire téléphonique du département du Nord. Aucun Pagny référencé dans les annuaires de téléphone du Nord. Ce nom était peu porté. A part le chanteur Florent Pagny, il ne connaissait pas de Pagny connu.

Aucun Pagny dans la liste d'abonnés internet du Nord.

Dix sur la France entière dont six sur Paris.

Aucun Pagny dans la base de la DGSI ni dans les bases générales de la PJ et de la Gendarmerie.

Il allait être difficile à trouver ce Pagny.

De la très faible occurrence des Pagny sur la France entière et de leur complète absence du département du Nord, Malik estima qu'il était fort probable que ce soit un pseudo et donc la piste s'arrêtait déjà. Frustrant !

Malik nota néanmoins le nom de Pagny sur son agenda de poche en ajoutant un !? souligné, et poursuivit la lecture du rapport technique à qui Malik avaient demandé d'expertiser la vidéo.

Le service confirmait la qualité HD de l'image, une qualité professionnelle mais offerte également par de très nombreuses caméras numériques du commerce et des téléphones portables haut de gamme. Donc on ne pouvait rien en déduire sur le matériel de la qualité HD de l'image.

L'expert relevait la qualité de l'éclairage médiocre et tous les détails qui, à son avis, dénotaient une vidéo amateur.

Le service avait procédé à recherche encore plus poussée d'images éventuellement dissimulées dans la trame vidéo. On pouvait en effet cacher des images en les codant en surimpression dans la trame vidéo par un traitement que ne maîtrisaient que les studios professionnels. Cette partie occulte de la trame vidéo était lisible par des appareils spécialisés. Seuls les services secrets et certains réseaux mafieux utilisaient cette technique très sophistiquée. L'analyse, faite par principe, ne produisait aucun résultat.

Une analyse similaire de la bande son ne révélait aucun message audio caché.

Le contenu vidéo n'avait pas été retraité.

La vidéo ne montrait que quatre violeurs, dont trois hommes, tous non identifiés, un violeur portant une alliance, une fausse Rolex, une victime identifiés, un drapeau noir marqué des armes de Dah'ech, le verset 15 de la sourate 4 : An-Nisa'. Un peu mince comme indices.

Il fallait que Malik reconstitue un puzzle avec cette vidéo et le pseudo Pagny.

Malik partit déjeuner sans appétit.

De retour, il trouva un message de la NSA qui avait reçu une réponse de Facebook à sa demande de collaboration.

Facebook fournissait la liste des comptes Facebook consultés par Marie depuis septembre 2014. Les serveurs du réseau social conservant l'historique de toutes les connections de ses utilisateurs, Facebook communiquait aussi la liste des connections de Marie, jour par jour, minute par minute, à partir de son compte.

La liste des comptes Facebook, et plus important des IP des émetteurs, ayant posté des informations sur le compte de Marie, figurait également sur le rapport du réseau social américain.

Facebook fournissait surtout une information majeure. Sur l'adresse IP de Marie Seclin, Facebook avaient retrouvé la création de deux comptes :
- un compte Marie Seclin créé le 5 avril 2012,
- un compte au nom de Maryam Al'Lille créé le 17 octobre 2014.

Malik comprit que Maryam Al'Lille était le nom de nouvelle convertie à l'Islam de Marie Seclin.

Malik écarta l'analyse du trafic du compte officiel pour se concentrer sur celui du compte officieux.

Un seul correspondant ressortait sur ce compte : un certain Pagny !!

Malik transmit le rapport aux geeks de la DGSI en leur demandant de récupérer les noms de la personne détentrice de l'adresse IP du surnommé Pagny.

En attendant la réponse du service, il lut la liste des messages échangés entre Marie et Pagny que Facebook fournissait obligeamment.

Marie appelait son correspondant du petit nom de Bisounours, il l'appelait « habibi », ma chérie, un de ces mots arabes que les jeunes apprennent en écoutant du raï. Leurs échanges étaient un surprenant mélange de mièvrerie post pubère, et de considérations cyniques sur les adultes, sur la France « à la botte des Etats-Unis » et autres clichés, des protestations d'amour et de promesses réitérées de partir ensemble « là-bas », « où tu sais ».

Malik remarqua l'orthographe correcte du garçon et celle phonétique de Marie. La syntaxe et la richesse du vocabulaire du correspondant suggérait un jeune de l'âge de Marie mais plus éduqué, peut-être issu d'un milieu bourgeois.

La réponse du service technique clignota sur l'écran de Malik : 'L'IP … est détenue par le café Le Point Du Jour à Lille.

Un cybercafé. Malik sut que la quête allait devoir être plus compliqué que prévu. Il demanda au service interception de communications la mise sur écoute du ou des ordinateurs du café par la mise en place de logiciels espions permettant de récupérer les messages tapés sur les claviers avant éventuel envoi crypté.

26 - Les gros bras

Malik, après avoir hésité, avait fait rapport au capitaine Morel sur la course poursuite du 10 novembre. Il avait passé sous silence son refuge chez la journaliste Christina Tenckro, prétendant avoir pris un taxi qui passait Quai d'Orsay et être rentré chez lui sans encombre. La procédure interne l'obligeait à un tel rapport, à la fois pour faire suite à son mail d'alerte envoyé dans la nuit et pour que la DGSI réclame les vidéosurveillances ayant pu filmer tout ou partie des événements. Le quartier du 7e arrondissement de Paris est truffé de caméras de vidéosurveillance tant les immeubles d'habitation sont rares et nombreux les banques, ministères, ambassades, hôtels particuliers, immeubles de bureau sécurisés.

Le service image de la DGSI, sur les indications topographiques de la course poursuite de Malik dans le Quartier du Gros Caillou, identifia pas moins de vingt caméras actives sans compter les caméras de la RATP.

Malik se revit, sur le film remonté par la concaténation de séquences vidéo, par bribes, refaire son trajet mouvementé : entrant dans la station Balard, sortant en toute hâte de la station Ecole Militaire, le tout tracé par les caméras de la RATP, traversant l'avenue de la Motte-Piquet, suivi du regard par l'œil électronique de l'immeuble du ministère de la Défense, descendant la rue La Tour Maubourg, observé des Invalides, courant sur le Quai d'Orsay pour rejoindre la rue Fabert, repéré par la caméra de l'AMF, stationnant perplexe devant le poste de Police, gros plan pris par le guichet silencieux , empruntant la rue de l'Université, laissant indifférent la surveillance d'un hôtel particulier de l'esplanade des Invalides, se réfugiant dans le hall de l'immeuble faisant l'angle avec la rue Surcouf, tracé par Securitas à distance, disparaissant ensuite des caméras.

Tel Ulysse, fuyant les Cicones du métro, Malik avait affronté les Lestrygons de la voiture bélier pour finir dans les bras de Calypso.

Personne du service image ne se surprit de cet itinéraire chaotique, recherchant tous les détails utiles à l'identification des agresseurs.

Le film zoomait sur le visage des deux sbires du métro, sur la plaque de la BMW et celle de l'Audi 4x4.

La reconnaissance faciale informatique des deux visages par rapprochement des bases du service ne donnait rien. Les individus n'étaient pas fichés. Malik regarda attentivement les deux visages pour les mémoriser et rechercher des indices. Des visages qui pouvaient être aussi bien des Balkans que des du Moyen-Orient, des traits durs, le regard déterminé de types de sang froid, les mouvements souples de costauds entraînés. De toute évidence, un duo formé de gardes du corps, commandos ou services secrets. La caméra de la RATP enregistrait aussi les sons mais, lors de leur surveillance, les argousins s'étaient tu et les paroles jetées dans son portable par le plus grand, le tondu, quand ils s'étaient fait piéger par la sortie précipitée de Malik à la station Ecole Militaire, étaient couvertes par le signal de départ de la rame. Le spécialiste du service de lecture sur les lèvres, ne disposant pas d'images de face du type, n'avait pu fournir aucune indication utile. Le service son, ayant décomposé numériquement la bande son de la vidéo de la rame du métro, réussit à récupérer quelques mots retranscrits phonétiquement. Malik réussit à reconstituer quelques mots prononcés en arabe : « Il nous a échappé station Ecole Militaire ! ».

Les plaques minéralogiques avaient également parlé. La plaque de la BMW ressortait très bien sur l'image prise par l'agence de la Caisse d'épargne Ecole Militaire. Celle de l'Audi avait été récupérée sur la vidéo de la station RER du Pont de l'Alma.

La BMW était immatriculée en Arabie Saoudite mais appartenait à un homme d'affaires qui avait déclaré le jour des faits le vol de sa voiture; elle n'avait pas été retrouvée depuis l'attaque. L'Audi, immatriculée en France, avait également été volée; elle avait été retrouvée, abandonnée, carbonisée dans la nuit, sur un chemin de la forêt de Saint-Germain-en-Laye.

La nuit et le reflet des lampadaires dans le pare-brise des voitures ne facilitèrent pas la recherche d'images des conducteurs. Chacune des voitures comportait un chauffeur et son complice. Une équipe de six personnes au minimum donc, plus un échelon de commandement. Ce n'était pas de banals truands qui avaient monté ce traquenard.

Le retraitement électronique des images des automobilistes confirmait que les tueurs étaient des caucasiens à la peau mate et, par leur comportement de conduite, des professionnels entrainés.

Malik nota ces éléments dans son rapport à Morel, synthétisant :

Agresseurs professionnels du type service de protection ou services secrets. Origine probable : Europe ou Moyen-Orient. Véhicules volés. Un des agresseurs parlant arabe. Pas d'identification des individus. Demande de mise en planque d'une voiture devant mon domicile pendant quelques jours pour s'assurer de l'absence de menace sur ma famille.

Morel renvoya le mémorandum à Malik avec son approbation pour la mise sous surveillance rapprochée de son domicile.

Il allait donc devoir poursuivre son enquête sans savoir qui avait voulu le tuer. Les moyens employés étaient trop létaux pour une simple intimidation mais les méchants n'avaient laissé aucune signature.

27 - Retour dans le plat pays

Malik prit le Thalis de 7:46 pour Lille le 7 décembre. Il évitait ainsi le fastidieux trajet en voiture sur l'A1, le nez dans le cul des camions; cela lui donna le temps de préparer ses interrogatoires. Il avait pris rendez-vous avec les parents Seclin à 9:30, Fitouni Mohamed à 10:30 puis Paul Antoine, le maire de Marcq-en-Barœul à 11:30, pour garder libre son après-midi espérant retrouver Kevin l'ex petit ami de Marie avant de tenter de reprendre un des derniers TGV sur Paris.

L'administration n'autorisait que des billets de seconde classe. Malik envia un instant les hommes d'affaires attablés devant des petits-déjeuners servis à la place alors qu'il dut se contenter d'un café instantané acheté sur ses deniers au bar du train pris d'assaut par une bordée de parisiens mal réveillés et mal embouchés. Revenu à sa place, il prit son petit carnet noir où il consignait les points clés de son enquête. Morel, la veille, en signant son ordre de mission pour les billets de train et frais de bouche, lui avait dit que si l'enquête ne progressait pas significativement à l'issue de son séjour dans le Nord, il devrait affecter Malik en priorité sur d'autres affaires plus urgentes car le service croulait sur le travail et seule la médiatisation du dossier Seclin avait justifié d'en faire une priorité.

« On laissera les moulins à vent médiatique brasser de l'air, sans nous » avait conclu Morel.

Malik partageait sans réserve le jugement de Morel. La DGSI avait passé trop de temps sur un seul dossier quand il fallait tenter d'empêcher le départ de centaines de nouveaux gamins et gamines décervelées et gérer le retour et la mise sous surveillance de ceux qui rentraient à la maison France, vaincus mais non repentis.

Malik eut la malchance de se trouver placé dans un carré. Deux jeunes femmes, représentantes de Ricard, assises face à lui préparèrent leur journée de travail pendant tout le trajet. Bizarre que Ricard emploie des femmes, pensa Malik, puis il comprit ; astucieux en fait, cela rend l'alcool plus convivial et échappe au cliché du beauf confit au pastis. Les deux dynamiques VRP râlaient sur leurs quotas, « infaisables », sur les soirées, « sacrifiées à se pochetronner pendant que les enfants étaient abandonnés devant un plateau télé », partageaient des astuces pour ne pas grossir tout en picolant… Un monde inconnu, avec ses codes et ses combines, s'exposait à Malik qui ne réussissait pas à se concentrer sur ses notes. De toute façon, il allait rencontrer à nouveau les parents Seclin, pour les tenir informés de vive voix de l'absence de progrès de l'enquête, et le Grand frère, pour le dédouaner, car toutes les écoutes avaient conclu à sa totale innocuité. Le pensum était la visite à Antoine Paul, le député maire, que le cabinet du ministre de l'intérieur, lassé des appels incessants de l'édile, avait réorienté sur le secrétariat du Directeur de la DGSI qui, selon la cascade habituelle, s'était défaussé sur Morel puis sur Malik, dernier maillon de la chaîne administrative. Malik devait aller, en chemise, comme les bourgeois de Calais, confesser l'impasse de l'enquête à l'élu qui jouerait, Malik se préparait déjà à sa péroraison, à l'homme important. Malik consulta les horaires des Thalis repartant sur Paris. Avec un peu de chances, il attraperait celui de 17:41. Cela lui permettrait de regarder les devoirs de Mohamed en rentrant. Voilà des semaines qu'il n'avait pas pu le faire, se reprocha-t-il.

De la gare de Lille Europe, dans le style centrale de cracking de pétrole, serre géante et néons à gogo, qu'affectionnaient les architectes urbains de ce début de XXIe siècle, Malik rejoignit en taxi le petit immeuble des Seclin.

Les parents l'attendaient tous les deux. La mère avait pris sa matinée et préparé le café à la chicorée avec un spéculoos maison que Malik ne put refuser.

Les parents lurent dans le regard de Malik quand il passa le pas de leur porte qu'il n'avait pas de bonnes nouvelles à leur apporter et que leurs nuits resteraient insomniaques. Les Seclin, avec humilité, ne reprochèrent rien à Malik car ils perçurent la compassion sincère du policier. Il leur expliqua qu'il mettait tout en œuvre, l'enquête de voisinage, qu'il reprenait à nouveau ce jour, les moyens les plus puissants d'exploitation des données électroniques, sans pouvoir leur donner des détails. D'ailleurs, les parents ne cherchaient pas à comprendre les arcanes des techniques policières. On leur parlait de leur fille. Elle était importante, cela seul comptait.

Ils confessèrent simplement leur ennui d'avoir été harcelés par des journalistes qui venaient jusqu'au travail de l'épouse solliciter des interviews pour faire un peu d'audience sur le dos de leur souffrance.

« Ça s'est calmé depuis quelques semaines, heureusement. De toutes façons, maintenant, c'est Ebola qui fait de l'audience, plus le sort de Marie », commenta, avec amertume, Louise Seclin.

Robert, ressentant le besoin d'affirmer son statut d'homme de la maison, ajouta, tout à trac : « C'est vrai. Je peux aller à nouveau au café sans me faire alpaguer par les imbéciles ».

Malik promit de les tenir informés de toute avancée, leur dit les paroles convenues : « qu'ils devaient garder espoir car aucune revendication d'assassinat de leur fille ne leur était parvenue ; elle pouvait être séquestrée ; il continuerait personnellement à suivre le dossier ». Il savait qu'il mentait un peu car le dossier Seclin allait passer, dès son retour à Paris, sous la pile. Malik parlait comme un médecin, convaincu de l'issue fatale du malade, qui retarde encore son aveu.

Quittant les Seclin, énervé contre lui-même, énervé par l'excès de café absorbé depuis son lever, énervé par le programme de sa journée, il se rendit à pied chez le Grand frère.

La sœur de Mohamed lui ouvrit la porte, discrète et effacée, comme une sœur tourière. Malik réalisa qu'il ne connaissait toujours pas son prénom. Il avait pourtant lu la retranscription de quelques conversations téléphoniques mais il ne réussissait pas à se rappeler son prénom. Il n'osa pas, comme si cela eût été une indécence, le demander à son frère. Plongé dans cette quête du prénom de la jeune femme voilée, il répondit, avec quelques instants de retard, à Mohamed qui lui demandait, déjà assis, attendant qu'il fasse de même :

« Alors, votre enquête, vous avez fait des progrès ? »

« Non. Nous espérons qu'elle soit toujours en vie » répondit sobrement Malik qui reprit : « En fait, j'étais venu pour vous dire que vous ne serez plus ennuyé, vous et votre sœur, par nos services mais je devais revenir ici pour rechercher des indices et j'ai préféré passer vous le dire moi-même ».

S'entendre reconnu hors de soupçon n'émut pas son interlocuteur qui prit acte de manière ironique :

« Donc, on va pouvoir, ma sœur et moi, parler dans le téléphone à nouveau librement ? Je blague ! Croyez bien que je suis aussi contrarié que vous de ne pas pouvoir plus vous aider. C'est un constat d'échec pour nous autres éducateurs de voir ces jeunes dériver jusqu'au djihad. L'imam d'ici tente de contribue à cette prévention en rappelant les vraies valeurs de l'Islam mais ces gamins s'intoxiquent sur Internet avec les prêches de ces fous de Dieu. »

« Oui, nous savons que l'imam est de confiance. »

Comme vous, faillit ajouter Malik.

« Bon, je ne vais pas vous déranger plus longtemps. Veuillez remercier votre sœur pour le thé. Salaam » ajouta-t-il, sans y réfléchir.

« Oui, Salaam. Puisse la paix revenir ! »

« Inch'Allah ! » répondit Mohamed.

Mohamed et Malik se levèrent pour se saluer.

Curieusement, Mohamed garda la main de Malik dans sa poigne comme frappé d'une réflexion subite.

« Au fait, vous cherchez toujours à retrouver le prénommé Kevin, l'ex de Marie Seclin ? »

« Oui, pourquoi ? »

« Je me suis renseigné. Des jeunes m'ont dit qu'il s'appelait Kevin Cysoing. Ils pensent qu'il habite aussi à Marcq-en-Barœul mais je ne sais pas où, désolé. »

« Merci beaucoup, c'est très précieux parce que des Kevin, pour tout vous dire, on en avait trouvée une vingtaine dans la tranche d'âge sur le département et cela m'aurait pris du temps à repérer le bon. »

Malik nota le nom phonétiquement sur son calepin comme Kevin Cijoint.

Le prénom de la sœur de Malik lui revint d'un coup. Elle s'appelait Hasa, qui signifie très belle. Malik réalisa, dans l'ascenseur, qu'elle était en effet très belle.

Il appela le commissaire Jacques Lannoy pour lui demander de retrouver l'adresse de Kevin Cijoint (!?) dont il avait noté le nom phonétiquement.

« Ne serait-ce pas plutôt Cysoing ? Ça c'est un nom du coin, car des Cijoint, cela fait bizarre » moqua le commissaire marcquois.

« Je m'en remets à vous » répondit diplomatiquement Malik qui prit, sans entrain, le chemin de l'Hôtel de ville.

L'Hôtel de ville était un affreux monument de ciment, offensant le regard du passant par une façade d'usine orné de deux beffrois néo-gothique. Probablement une construction après la dernière guerre pensa Malik en pénétrant dans le hall pierreux.

«Monsieur le Député-maire, sera à vous dans un instant. » l'informa solennellement la secrétaire particulière, c'était le titre affiché sur la porte à soufflet de son bureau.

« Bon, on me fait le coup de l'attente de l'édile débordé » apprécia Malik en espérant se débarrasser rapidement de ce rendez-vous pour aller à la recherche de Kevin Cysoing, avait-il corrigé sur son carnet.

La porte de communication avec le bureau du maire s'ouvrit pour laisser passer un homme d'une cinquantaine d'années, un peu gras, qui se pressa vers Malik, suivi d'un collaborateur chargé d'une pile de peluriers derrière lesquels son visage disparaissait presque et qui lançait des regards inquiets pour ne pas se prendre les pieds dans un obstacle.

« Inspecteur Benamar ? » lança d'une voix de stentor, le député-maire.

« Lieutenant Benamar » corrigea Malik. La précision ne retint pas l'attention de l'élu.

« Ravi de vous rencontrer. Le ministre m'a dit que vous étiez l'homme de la situation ! »

Comme tous les politiques, affabulateur, pensa Malik, qui savait que Antoine Paul n'avait pas dépassé le barrage du conseiller technique du cabinet du ministre.

« C'est trop d'honneur. Mais j'ai profité d'un passage ici pour vous rendre visite » répondit Malik qui voulut d'emblée se mettre d'égal à égal en présentant sa venue comme une courtoisie.

« Je suis, pour tout vous avouer, à la fois, très contrarié et content de la médiatisation de cette regrettable affaire.

La presse présente la tranquille ville de Marcq-en-Barœul, que j'ai l'honneur d'administrer, comme un nouveau 9.3 mais, il faut bien reconnaître également que l'on a parlé de notre ville dans la presse internationale. Imaginez que je suis passé sur une chaîne câblée aux Etats-Unis ! » s'enorgueillit sans pudeur le maire.

« Pas à Al Jazeera ? » interrogea sournoisement Malik.

« Non. C'est vrai. Vous avez raison. Ils ne sont pas venus m'interviewer, c'est pourtant une télévision arabe et je suis membre du groupe d'amitié France-Qatar à l'Assemblée. Le Diwan nous organise une virée superbe deux fois par an à Doha. »

Malik décida de faire l'économie d'une présentation des rapports ambigus du Qatar avec ce dossier et Dah'ech et de laisser notre bourgmestre à sa tambouille locale mais il dut se détromper en entendant celui-ci reprendre :

« Midi moins le quart ! Je vous garde à déjeuner. Il faut bien que je déjeune et vous allez tout m'expliquer sur cette guerre civile. Cela me passionne mais, je vous avoue, je m'y perds un peu dans ces groupes terroristes. Vous pouvez, bien évidemment compter sur ma totale discrétion et parler en toute confiance à l'élu de la nation que je suis. Je suis avocat et je connais les règles de votre métier. » plastronna-t-il.

Malik qui avait imaginé un jambon-beurre sur le zinc avec un demi-Picon sentit la situation lui échapper et tenta une ultime esquive :

« A vrai dire, j'ai beaucoup de rendez-vous cette après-midi... »

« Ta, ta, ta ! Le restaurant est en face de la mairie. J'ai ma table réservée. Il est midi, vous serez libéré à quatorze heures pétantes ! Florence, je pars déjeuner avec l'inspecteur ! » cria-t-il à son assistante, en traversant son bureau d'un pas de tirailleur.

Le maire fut accueilli avec componction par le patron du restaurant qui s'excusa par avance de ne plus avoir reçu de gibier. Le maire serra quelques mains en passant et se dirigea vers sa table d'angle.

«Qu'est-ce qu'on vous sert ? » demanda la patronne.

« Le menu gastronomique ! Monsieur est parisien. Il faut lui faire découvrir la gastronomie du Nord » décréta l'élu, sans consulter son convive.

Dans gastronomique, il y a astronomique et gastrique, pensa Malik, en découvrant les plats successifs, clamés avec orgueil, par la restauratrice :

« Un gosier chaud pour s'ouvrir l'appétit, puis, en entrée, une aumônière de maroilles au vinaigre de perle de groseille caramélisé ; une carbonade flamande, en plat de résistance, pour finir sur une bavaroise à la chicorée. Le tout arrosé d'un Château-Terril 2002 ! » acheva-t-elle sur le ton d'une confidence grivoise.

« Parfait ! » apprécia l'élu qui abusait manifestement des frais de bouche comme Jacques Chirac en son temps à Paris.

« C'est nous que cette bavaroise va finir » pensa Malik.

De tout le déjeuner, Malik ne réussit pas à placer une seule phrase subissant la logorrhée du tribun local, faisant des phrases, mêlant commentaires sur le plat servi, glorification de sa ville, digressions sur la guerre civile en Syrie, critiques de son ennemie, l'ex maire de Lille. Malik mangea, par politesse, chaque plat qui aurait suffi à un repas entier en laissant son verre rempli. Le repas s'acheva enfin. Le député choisit un cigare et en proposa un à Malik qui, s'excusant, expliqua qu'il devait passer au commissariat pour son enquête.

« J'ai beaucoup appris de ce déjeuner ! » assura l'élu soliloqueur qui traversa le boulevard, cigare et ventre au vent, repus, pour rejoindre son Olympe.

28 - Kevin Cysoing, l'ex petit ami

Furieux du temps gaspillé à se goberger aux frais du contribuable marcquois et à subir le monologue du député maire, Malik consulta hâtivement, devant le restaurant, ses messages car il avait du mettre en silencieux son portable pendant le repas. Un sms du commissaire lui communiquait l'adresse de Kevin Cysoing. Le GPS de son portable indiqua une rue à deux kilomètres environ. Malik décida d'y aller à pied pour exhaler les vapeurs du repas.

Le garçon habitait un coron réhabilité. Les murs de briques étaient peints de couleur pimpante. L'alignement de maisons basses uniformes traçait une ligne de fuite vers la ville.

Malik trouva un jeune garçon au domicile qui expliqua être le frère de Kevin. Ce dernier se trouvait peut-être au « bar des Ch'tis » deux rues plus loin, à jouer au baby-foot, suggéra le gamin. Malik y trouva, en effet, une bande de jeunes secouant un baby-foot en criant les points marqués, comme une bande de macaques se disputant une noix de coco. Malik prit un café au zinc le temps d'observer le groupe pour mémoriser les visages et tenter de savoir lequel pourrait être Kevin en écoutant les exclamations des footeux de bistro.

Un certain Johnny, probablement concu par ses parents sur la chanson « Que je t'aime ! » de Jean-Philippe Smet, dit Johnny Hallyday, s'amusa Malik, apostropha Kevin, un maigrichon, qui venait de laisser passer un but.

Kevin flottait dans son jean, porté, à la manière des blacks des banlieues parisiennes, taille basse, exhibant son slip Eminence. Une veste militaire kaki, une casquette des Bulls de Chicago, portée à l'envers et une boucle à la lèvre complétait la tenue du mirliflore.

Le commissaire Lannoy avait précisé, outre l'adresse de Kevin, qu'il était, aux dernières nouvelles, scolarisé au Lycée professionnel Alfred Mongy. Voila pourquoi, Malik ne l'avait pas retrouvé dans la liste des élèves du Lycée Yves Kernanec.

Malik voulut parler au garçon sans le mettre en porte-à-faux vis-à-vis de ses camarades et décida donc de 'la jouer cool'. Il alla donc calmement vers le groupe qui faisait une pause en buvant des diabolos menthe et des panachés. Regardant dans les yeux Kevin, il lui demanda poliment :

« Kevin Cysoing ? Je peux vous parler un instant ? »

Kevin dévisagea l'adulte. Le blouson et le jean ne donnait pas d'indication sur son métier. Pas un prof, estima Kevin. Pas un keuf. Un éducateur ?

« Ououais, qu'estcequevousmevoulez ? » répondit-il, d'une voix mélasseuse.

« Juste vous parler. On peut se mettre un peu à l'écart, vous permettez » répondit Malik qui indiqua de la main une table au fond du caboulot.

Kevin déplia sa maigreur. Il mesurait une tête de plus que Malik mais était efflanqué comme un chien perdu. Se soumettant à l'invite de l'inconnu, il le suivit.

« Qu'est-ce que vous buvez ? » engagea Malik qui héla le patron pour passer la commande : un nième café et un panaché pour le jeune homme.

Les consommations servies, Malik expliqua :

« Je suis policier » en montrant sa carte de service d'un mouvement de paume rapide pour échapper à la curiosité des copains de Kevin qui avaient, de toutes façons, repris, à grand bruit, leur jeu, « Je souhaiterai vous parler de Marie Seclin avec qui vous êtes sorti l'été dernier, n'est-ce pas ? »

Malik jouait franco de port avec Kevin.

« Ma...rie, quoi Marie ? Elle a fait une connerie ?...
Remarquez, cela ne me surprendrait pas. J'ai bien vu
qu'elle allait pas bien quand elle m'a balancé à la rentrée
des classes. Elle a commencé à me bassiner avec des
histoires d'enfants arabes assassinés par les juifs en
Palestine. J'ai eu le malheur de lui dire que j'en avais
rien à foutre. Elle m'a traité de connard et m'a plaqué du
jour au lendemain. Depuis, plus de nouvelles ! Nada ! »

« Elle a fugué » répondit indirectement Malik « Ses
parents sont inquiets. Je suis chargé de la retrouver. Tout
indice pourrait être utile. Savez-vous qui elle fréquentait
à part vous et ses copines de classe ? »

« No…non… » expira Kevin.

« Pagny, cela vous dit quelque chose ? »

« Pagny ? Je ne connais pas de Pagny… Remarquez, si.
Marie aimait bien Florent Pagny, le chanteur. Elle avait
plusieurs CDs de lui mais je doute qu'elle soit partie
avec Florent Pagny. Il est marié à un canon nommé
Azucena ! »

Malik réfléchissait pendant que Kevin rigolait tout seul
dans sa mousse de sa sortie sur la bombasse de Florent

Pagny. Pagny était un pseudo, OK, mais pourquoi Pagny ? Par association avec Florent. Le petit ami caché de Marie s'appelait certainement Florent et, pour ne pas se faire repérer, il avait créé son compte Facebook sous le pseudo de Pagny. Marie l'appelait Bisounours dans ses chats sur Facebook. Le pseudo Pagny, c'était leur jeu de mots d'amoureux. Il allait falloir rechercher tous les jeunes Florent ayant des abonnements internet sur l'arrondissement de Lille voire du département. Le fameux Florent était probablement à la fois le petit ami et le recruteur islamiste ou, à tout le moins, celui qui avait joué l'intermédiaire car la coïncidence de dates et la dissimulation organisée des deux amoureux était trop flagrantes. Le fil tiendrait si Kevin était un gars du Nord. Si c'était un jules rencontré sur un site de rencontre, la piste serait compliquée à remonter. Même dans l'hypothèse d'une drague par internet, réfléchit Malik, les sites étaient souvent géolocalisés par repérage des téléphones mobiles et Marie ne quittait guère Marcq-en-Barœul. Si ! Elle été allé jusqu'à Lambersart, réalisa Malik. Il fallait cibler les recherches d'un Florent sur Lambersart !

Malik, tout excité par ces déductions et pressé de lancer la recherche sur les adresses IP détenues par un Florent sur Lambersart et les communes limitrophes, s'était tu ; il prit conscience du regard perplexe de Kevin.

« Désolé, je réfléchissais. Merci d'avoir répondu à mes questions. Je ne vous ennuie plus. Je vous laisse ma carte si, d'aventure, autre chose vous revient. »

Kevin prit la carte de Malik avec prudence, la lisant attentivement et respectueusement, comme font les chinois, pour apprécier l'importance de leur interlocuteur, et ne sut pas trop qu'en faire. Il finit par la fourrer dans la poche de son jean, presque déçu que l'entretien soit déjà achevé.

Malik leva une fesse pour lui serrer la main, nota l'hypothèse 'Florent+Lambersart ?' dans son carnet, régla les consommations et quitta le café.

Il avait, enfin, le sentiment d'une avancée dans sa quête de Marie. Et en plus, il allait pouvoir attraper le TGV de 16:45 pour Paris et pouvoir faire les devoirs avec son fils Omar !

28 - Communiqué de Dah'ech

Malik arriva au bureau d'une humeur radieuse. Il avait passé une soirée en famille, ce qui ne lui était pas arrivé depuis si longtemps, un jour de semaine. Mêmes ses week-ends, il devait dépouiller ses courriels et parfois rester, d'astreinte, à la DGSI.

A neuf heures, il envoya la requête de criblage des Florent abonnés à Internet sur Lambersart et les communes limitrophes et alla prendre un café avec Morel. Son chef le félicita pour cette avancée dans l'enquête qui patinait jusqu'alors.

De retour à son écran d'ordinateur dans les bureaux de la DGSI, ouverts sur une cour intérieur et équipés de vitres antireflets doublées d'une grille métallique invisible pour éviter les écoutes externes, il compulsa la revue de presse du jour pour regarder les alertes. Toujours la même litanie de crimes de guerre perpétrés par Dah'ech. La formation d'une alliance internationale hétéroclite de pays occidentaux, d'états arabes modérés, hypocrites et tardifs repentis d'avoir nourri l'Hydre de Lerne, soutenue par des mouvements islamistes chiites ennemis, ne ralentissait pas l'afflux des volontaires. Des familles entières partaient du jour au lendemain se jeter dans la géhenne avec la joie de martyrs consentants. Un délire millénariste que l'on n'avait pas connu depuis les grandes folies du Moyen-âge, pensa Malik.

Un fait nouveau majeur intervint à dix heures dix : Dah'ech publia sur internet un communiqué, en arabe, anglais et français, rejetant toute responsabilité dans cette vidéo qualifiée de « manifeste manipulation de la CIA et du Mossad ».

Malik échangea un mail avec son correspondant au NSA sur ce dossier qui partagea son opinion sur l'authenticité de l'origine du communiqué. C'était bien un mail de Dah'ech.

Mais si Dah'ech n'était pas l'auteur de la vidéo et que ce n'était pas une douteuse fabrication de l'industrie pornographique, comme Malik en était convaincu, qui était à l'origine de ces images ?

Les services secrets occidentaux n'en étaient pas les auteurs. Les vidéos d'exécution d'otages occidentaux et d'exécutions de masse par les djihadistes suffisaient à la propagande occidentale pour montrer la barbarie de Dah'ech sans avoir besoin de créer des images. La misogynie extrême du mouvement terroriste n'avait pas besoin de preuves supplémentaires pour s'afficher.

Malik trouvait curieuse ce rejet tardif, in extremis, de la vidéo par Dah'ech. Voilà plusieurs semaines que la polémique occupait la toile sur cette vidéo et une organisation, si experte en matière de communication sur internet, avait nécessairement évalué le bénéfice et les risques de l'audience faite à ce clip pornographique. S'ils n'avaient pas rejeté celui-ci auparavant, ce ne pouvait être que parce qu'ils estimaient que le buzz leur était utile, plus utile que le rejet. Venant d'une secte qui projetait les images les plus ignobles sur la toile, images qui contribuaient au flux de plusieurs milliers de recrues chaque mois, l'hypothèse d'un opportuniste laisser-faire n'était pas exclue. Mais alors pourquoi rejeter la vidéo et pourquoi seulement maintenant ? Dah'ech, ayant profité d'une audience accrue pendant quelques mois, se déjugeait quelque peu en répudiant, tardivement, ce viol filmé.

L'autre hypothèse était que Dah'ech était bien l'auteur de la vidéo et que le rejet ne visait qu'à effacer une trace, un indice, en poussant les services de sécurité français à mettre la priorité sur d'autres affaires, mais pourquoi ?

Malik rédigea son rapport sur sa mission de la veille à Lille en ajoutant un commentaire synthétisant ses doutes sur la sincérité du rejet par une source que l'on pouvait estimer, elle, authentiquement provenant de Dah'ech.

29 - Les Femen

Malik avait à peine fini de rédiger son rapport qu'une alerte 'Femen' sur le dossier Marie Seclin vint s'incruster dans la fenêtre Média de son écran.

L'AFP annonçait une manifestation des Femen devant le siège de Facebook France pour le matin.

Les Femen avaient fait de la critique de la misogynie des combattants islamistes de Dah'ech leur cheval de bataille du jour. Leur leader Tatiana Koniecko, réfugiée politique en France, multipliait les provocations. Elle avait posté quelques semaines auparavant un tweett incendiaire : « Qu'est ce qui peut être plus stupide que le ramadan ? Qu'est ce qui peut être plus laid que cette religion ? ». Ce tweett, aussi ridicule que dangereux, lui avait valu une fatwa de la part de certains enragés et des apparitions sur le plateau d'émissions de télévision qui mélangeaient téléréalité racoleuse et prétention branchouillée.

Troufes Charlène, la brillante polémiste, égérie saphique assumée, qui avait rédigé l'hagiographie de Tatiana Koniecko, après avoir démoli Mardaran Tariq, Frère musulman revêtu d'une peau de mouton, comme le loup de la fable, prenait la défense de principe de Tatiana, tout en affirmant sa distance par rapport à une « certaine simplification de l'expression publique de la pétroleuse ». En clair, Tatiana avait dit une c… mais on ne pouvait la critiquer sauf à faire le lit des réactionnaires de tout poil. La dialectique militante interdisait de lutter à fronts renversés.

L'interpellation du Président François Hollande, filmé alors qui allait se reposer des calamités de sa journée par un cassoulet, par trois militantes dépoitraillées qui avaient écrit le slogan : « EI = haine des ♀ » sur leur ventre, créa le buzz. On lisait mal le slogan sur les images, s'amusa Malik, en visionnant les images qui tournaient en boucle sur la toile, montrant le Président débonnaire face à ces Furies, les gardes du corps tirant sans ménagement les jeunes femmes en arrière par les bras. Les poitrines opulentes de deux d'entre-elles donnaient un mouvement de vagues au tag, seule la troisième, à la plate poitrine, était plus 'lisible'. « Ils devraient sélectionner les bonnets A », rigola intérieurement Malik, qui se reprocha aussitôt cette blague de mauvais goût, autant par respect de la fonction du premier magistrat que par respect du combat légitime des Femen contre toute forme de machisme.

Les Femen avaient donc décidé de faire un sit-in ce matin, devant le siège de Facebook France, pour réclamer le retrait de la « vidéo infamante exposant le corps d'une femme livrée à la barbarie moyenâgeuse de Dah'ech ».

Un groupe d'intellectuelles féministes, de l'ex compagne du Président de la république ravie d'embêter le locataire de l'Elysée, de comédiennes et polémistes, attendaient l'intervention des forces de l'ordre dans un joyeux désordre germanopratin. La polémiste Charlène Torules, écrivant dans sa tête le prochain billet de son blog, saluait d'un sourire les nombreux reporters de sa connaissance qui couvraient la manifestation annoncée par son fil Twitter.

LHB, Louis-Honoré Botul, avait fait savoir qu'il viendrait apporter, avec son épouse, son soutien à la manifestation. Les Femen lui firent savoir qu'is étaient persona non grata compte tenu des stripteases récents de son épouse au Crazy Horse, qualifiée méchamment de « Poupée Barbie rereliftée ». Il jugea donc prudent d'éviter une rebuffade publique filmée et se contenta d'un mot sur son blog : « Nous sommes tous des Marie Seclin! » proclama-t-il, curieusement.

Le rejet de la vidéo par Dah'ech fut connu des Femen quand la manifestation se mettait en place. Les Femen décidèrent que cela ne changeait rien car leur objectif immédiat était de faire plier Facebook. Que la vidéo soit, ou non, authentiquement de Dah'ech ne changeait rien à son contenu ignoble.

Facebook, très habilement, ne demanda pas l'intervention de la police pour libérer l'accès de ses bureaux, connaissant les règles de la communication internet : surtout ne livrer aucune image qui puisse associer répression avec le logo Facebook. La jeune dircom du réseau social vint parlementer et proposa une rencontre entre une délégation de manifestants et sa direction générale. Quelques Femen se hâtèrent de retirer leurs parkas conservés dans la froidure de ce matin de novembre pluvieux pour exhiber leurs peintures de guerre. Les caméras se précipitèrent pour faire des gros plans sur la confrontation espérée entre la salariée de Facebook et Tatiana Koniecko mais, de confrontation, il n'y eut point tant la communicante répondit par force sourires et une langue de bois que n'eut pas nié le plus sophiste des jésuites. Les Femen hurlèrent quelques slogans en français et en anglais pour les télévisions étrangères. Elles exigèrent de parler à Zuckerberg, pas moins !

La porte-parole revint au bout d'une demi-heure avec des thermos de café en s'excusant du retard car il était difficile de contacter le siège californien, compte tenu du décalage horaire, mais proposant une conférence téléphonique entre une délégation de manifestantes et un responsable du siège mondial à quinze heures, heure française.

Les télévisions et les reporters, comprenant qu'ils n'auraient pas plus de contenu pour le journal de treize heures, remballèrent, comme des forains en fin de marché. Les célébrités avaient d'autres engagements pour l'après-midi et s'esquivèrent à l'anglaise les unes après les autres en se faisant la bise. Quelques pétroleuses s'obstinèrent à battre le pavé quelques heures encore mais, faute de couverture médiatique, à quoi bon ? Le siège de Facebook France fut levé, dans l'indifférence, à midi.

Le fourgon de CRS qui faisait le poireau depuis le début de la matinée, à quelques centaines de mètres, hors de portée des plans serrés des caméras sur les jeunes femmes exhibant leurs dazibaos épidermiques, rentra à son casernement avec le départ des dernières amazones.

La porte-parole de Facebook France fit un mail de rapport à la Direction de la communication Corp. qu'elle n'avait pas réveillé pour une aussi banale manifestation et reçut un satisfecit de sa hiérarchie qu'elle classa précieusement dans son dossier personnel.

La direction France de Facebook avait proposé au siège, depuis une semaine, de retirer la vidéo polémique, expliquant que cela compliquait un peu le climat des échanges avec le gouvernement français. Le gouvernement français, désireux de jouer les cavaliers blancs sur ce dossier, agitait, à nouveau, le spectre d'une requalification fiscale de certains revenus retirés du territoire français. Le siège avait notifié, la veille de la manifestation des Femen, à sa filiale, sa décision de retirer la vidéo mais lui avait laissé la décision du moment le plus opportun pour la retirer, recommandant néanmoins de faire apparaître cette décision, non comme une concession faite sous la pression des autorités politiques françaises, mais comme l'expression du sens des responsabilités de l'éditeur californien.

Le lobbyiste maison appela donc, en début d'après midi, ses correspondants à l'Elysée, à Matignon, rue de Valois et à Bercy pour les informer, en présentant à chacun des conseillers techniques cette décision comme le résultat de son action personnelle. Rien de mieux que de flatter l'ego des petits marqui(se)s des cabinets ministériels… La presse écrite et quelques bloggeurs influents furent invités à assister à une conférence de presse au siège où le Directeur général annonça le retrait de la vidéo « controversée » comme « non pas une censure mais l'expression de l'esprit de citoyenneté de Facebook France ». Les Femen furent ulcérées de ne pas avoir été citées dans le propos du manager et revendiquèrent, sur leur blog, la décision, par un communiqué qui ne fut repris par aucune agence de presse; leur voix avait été, comme l'avait escompté Facebook, couverte par le communiqué officiel de la sous-ministre au numérique qui s'attribuait le mérite d'avoir fait céder l'éditeur. La dircom de Facebook prit la peine d'appeler son homologue des Femen pour s'excuser de ne pas avoir pu faire citer leur mouvement dans le propos de son boss, excipant que le retrait avait été réclamé par de trop nombreux mouvements associatifs et autorités morales pour les citer tous.

Malik prit connaissance à quinze heures dix du retrait de la vidéo par la dépêche de l'AFP.

Malik se réjouit de ce retrait qui allait lui permettre de travailler sans interférence des politiques et des média qui allaient se désintéresser de Marie Seclin maintenant qu'il n'y avait plus scandale à la une.

Mais la coïncidence du rejet par Dah'ech et du retrait par Facebook était surprenant. Sauf à imaginer que Dah'ech ait, par une taupe ou une lecture attentive des blogs des Femen, été informé de la manifestation du jour, pourquoi cette concomitance ? Hasard ou opportunisme. La cabale médiatique courrait depuis des mois. Comment expliquer cette simultanéité ? Décidément, cette affaire de disparition ne suivait pas les codes habituels, pensa Malik.

30 - Le fils de famille de famille de Lambersart

Le service technique transmit à Malik le résultat du criblage des adresses IP détenues par des Florent sur la commune de Lambersart fournit trois occurrences avec la fiche individuelle de chacun des Florent abonnés internet : dates de naissance, profession, adresse, numéros de téléphones fixes et mobile, liste de comptes ouverts sur les divers réseaux sociaux.

La première fiche était celle d'un retraité que Malik écarta, la seconde à un cabinet d'architectes fort peu plausible également.

Restait celle d'un 'Florent Lomme', vingt ans, résidant dans un hôtel particulier de Lambersart photographié par Google maps. Des parents milliardaires, détenant des chaînes d'hypermarchés et de magasins de sport et une kyrielle d'autres sociétés. Un empire, détenu et administré par une famille discrète qui fuyait les média, un groupe familial non coté en bourse donc échappant à la communication réglementaire. Des très riches mais qui cachaient leur argent.

Malik appela Morel pour l'informer et discuter de l'approche. Tous les deux étaient des policiers chevronnés, qui ne se laissaient pas intimider par les puissants, mais Malik allait devoir enquêter sur l'une des vingt plus grosses fortunes de France dont les connexions politiques pouvaient être redoutables. Malik allait devoir vérifier par tous moyens techniques que c'était le bon Florent avant d'aller devoir, éventuellement interroger les parents. La DGSI n'avait pas les moyens du ratage d'un faux signalement.

Malik consulta le compte Facebook de Florent Lomme. La photo d'un grand et beau jeune homme souriant, en tenue chic de yachtman, l'accueillit en page d'accueil. Sur son mur, des images heureuses de groupes de copains en goguette. De nombreuses photos avec des filles de son âge également. Aucune, sans surprise, qui ressembla à Marie. Malik nota le prénom de ceux qui semblaient les intimes de Florent.

Le garçon était inscrit en première année de Sup de Co Lille, après un bac scientifique au lycée Kernanec, mention Bien. C'est au lycée qu'il avait du rencontrer Marie, de deux ans sa cadette. Curieux que Marie soit sortie avec Kevin l'été 2014 et n'ait apparemment fréquenté Florent qu'à partir d'octobre quand ils n'étaient plus condisciples. Un coup de foudre à la rentrée ?

Le compte Facebook du garçon n'apporta aucune information utile à l'enquête. Malik était habitué à ces frustrantes portes qui s'ouvrent sur des murs. Il avait anticipé la banalité de ce compte public.

Si ce Florent était bien Bisounours, il lui fallait trouver son compte occulte, celui à partir duquel il échangeait des mails sous le pseudo de Pagny. L'adresse IP d'expédition des mails dudit Pagny était la passerelle d'anonymisation du serveur Tor. Cela allait donc être compliqué de remonter au compte djihadiste de Florent. Plus aucun message entre Marie alias Maryam Al'Lille surnommée habibi et Florent Lomme, alias Pagny, petit nom Bisounours, n'étant à espérer, poser des écoutes sur le trafic transitant par le serveur Tor, pour 'sniffer' les échanges entre eux, ce que la DGSI savait faire, comme le NSA, ne rapporterait rien. Malik ne lança pas la commande d'écoute.

L'analyse du trafic du portable du jeune homme ne fournissait pas plus d'indice utile. Il avait cessé d'utiliser ce numéro le 21 octobre, le même jour où cessait toute activité sur son adresse IP.

Malik envoya la photo du suspect à la DDSI de Lille qui envoya un agent montrer la photo à Léa Desumaux qui reconnut le garçon comme celui qui conduisait la BMW aperçue devant le restaurant de Lambersart en compagnie de Marie.

L'identification de Florent Lomme/Bisounours/Pagny était acquise !

Malik comprit qu'il allait devoir aller à Lambersart rencontrer le suspect ou ses proches car le silence de Florent Lomme pouvait signifier qu'il était parti combattre en Syrie ou en cavale quelque part en France.

Le majordome, à en juger par son ton cérémonieux, qui avait répondu à l'appel de Malik lui avait passé madame Lomme, la mère de Florent. A sa demande de rencontrer Florent, et prenant connaissance de sa fonction d'officier de police, elle avait répondu laconiquement :
« Nous n'avons plus de nouvelles de notre fils. Je savais bien que cela devait arriver. Nous vous attendons demain pour le café, treize heures, si vous voulez bien. »

Sa voix ne tremblait pas et l'invitation était plus une convocation qu'une mondanité. Sa formule sur ce qu'elle anticipait, visait-elle le départ de son fils ou son appel à lui, Malik, un officier de police. Le « nous » sonnait ambigu, son mari assisterait-il à l'entretien ? Malik préféra dénouer ces incertitudes de visu.

La propriété des Lomme, une grosse villa en briques rouges était puissamment sécurisée par des murs de trois mètres de haut, dissimulés derrière une haie taillée au cordeau et surmontés de caméras de vidéosurveillance.

Le parc autour de la maison était vaste assurant une parfaite visibilité sur les arrivants. Le taxi remonta l'allée en gravier après s'être dûment annoncé à un guichet électronique.

Malik fut introduit par le majordome dans le salon où l'attendaient quatre personnes, deux qu'il reconnut comme les parents de Florent Lomme, et deux inconnus.

Robert Lomme, vint à au devant de Malik et lui serra la main, de manière neutre, comme à une vague relation professionnelle. Son épouse lui serra également la main et se rassit. Le dirigeant d'entreprise présenta alors les deux inconnus qui étaient restés debout, silencieux : « Maitre Edouard Arleux, monsieur Bertrand Troupeau, nos conseils ».

Robert Lomme ne se donnait pas le mal de les présenter plus avant, tant la présence d'un avocat et d'un ex 'grand gendarme' défroqué qui avait crée son officine de protection et d'enquête privé, et que Malik avait reconnu, lui semblaient évidents. Il désigna à Malik de la main un fauteuil qui faisait face aux quatre autres participants. Lomme siégeait encadré de ses deux conseils, l'épouse, en léger retrait, silencieuse. Dans le silence, le majordome servit le café et referma la porte du salon.

Malik croisa le visage de spadassin de Troupeau, une légende pour les jeunes flics. Il avait dirigé les services de protection particuliers d'un Président de la république, écrit des pages controversées du GIGN, avant de claquer la porte pour devenir mercenaire pour chefs d'état africains notamment.

« Lieutenant Benamar, nous vous écoutons » engagea le maître de maison.

La ficelle était un peu grosse. Malik contint son irritation de se voir mettre à la question, lui qui était venu pour les interroger. Il but son café, longuement, pour faire attendre sa réponse. Posant enfin sa tasse, il rétorqua :

« C'est moi qui vous écoute, sur la disparition de votre fils et, accessoirement, sur la présence de ces messieurs. »

Le regard du notable, comme celui d'un bon joueur de poker, ne laissa ressortit aucune émotion à la pique de Malik.

« Notre fils a disparu depuis le 24 octobre. Nous sommes sans nouvelles depuis. Il nous a laissé un mot déclarant qu'il partait en Syrie combattre. Nous avons chargé le commandant Troupeau de conduire une enquête discrète pour le retrouver. »

Les faits, rien que les faits, sans justification aucune.

Malik fit semblant de se surprendre :
« Vous n'avez pas jugé bon de déclarer sa disparition aux services de police ? »

« Non. Je vous l'ai dit. Nous avons préféré conduire une recherche par nos propres moyens. Notre famille est malheureusement, en permanence, menacée d'enlèvements crapuleux. L'équipe du commandant Troupeau assure notre protection. »

Toujours cette irritante manie de donner du 'commandant' au détective privé, comme pour humilier le petit policier anonyme, sans grade.

Malik tourna son regard sur Troupeau dont le corps, resté puissant et souple, était légèrement penché en avant sur son siège comme prêt à s'élancer.

Malik interpella, sans révérence, l'ex gendarme :

« Monsieur Troupeau, qu'avez-vous appris ? »

L'autre répondit du même ton, direct, sans relever la volontaire impertinence du jeune flic.

« Florent Lomme n'a laissé qu'un mot, que voici » débuta-t-il, en tendant à Malik une feuille de papier enveloppée dans une pochette plastique pour préserver tout indice. Malik nota d'un coup d'œil l'écriture ferme et posa la pièce devant lui et relança son interlocuteur du regard.

«... nos recherches ont retrouvé la trace de la sortie du territoire de Florent Lomme le 24 octobre. Il a pris un vol direct affrété par Pegasus de l'aéroport de Lille Lesquin sur Istanbul, aller simple. Nous avons des traces de retrait d'argent liquide à son arrivée à Istanbul. Nous tentons de tracer son séjour en Turquie et les filières qu'il aurait pu emprunter pour rejoindre la Syrie. Nul doute que vous pourrez nous être utile sur ce point. Le détail de nos investigations est consigné dans ce rapport.»

Troupeau tendit une simple feuille A4 à Malik sans sembler parfaitement conscient de l'insolence de son procédé qui prétendait faire du policier un supplétif de sa propre investigation.

Malik laissa sourdre son énervement en ironisant :

« Donc, vous savez qu'il est parti en Turquie et c'est tout ? »

Troupeau ne releva pas, se recula sur son siège et reprit son écoute muette de la suite de l'échange, passant le ballon, à son client.

Sans illusions, Malik demanda alors aux parents :

« Madame et monsieur Lomme, avez-vous des informations sur d'éventuelles relations antérieures de votre fils avec des milieux islamistes ? »

« Non, aucune. » répondit, pour le couple, le père.

Malik savait, d'expérience; que les parents, surtout un père autant occupé par la direction de son empire et sa femme aussi effacée, ignoreraient tout de la vie privé de leur fils.

« Je voudrais que vous me confiez l'ordinateur de votre fils pour que nous l'expertisions. »

Troupeau, consulté du regard par le milliardaire, donna son accord implicite en commentant pour son commanditaire :

« Nous l'avons analysé. Rien d'utile mais la DGSI est peut-être mieux outillée que nous. »

Madame Lomme se leva et demanda au majordome d'aller chercher l'ordinateur de son fils.

L'entretien était achevé comprit Malik.

Le père fit raccompagner Malik qu'il congédia sur ces paroles :

« Nous vous remercions par avance de votre enquête. Nous sommes très inquiets vous l'imaginez. Me Arleux sera, si vous le voulez bien, votre contact pour nous joindre. »

Troupeau donna également sa carte de visite sur papier glacé à Malik.

31 - La clé cachée

Malik fit le trajet retour de Lille à Paris en se demandant si ce qui l'irritait plus était l'impertinence de son ex collègue ou l'impolitesse de la réception dédaigneuse des parents Lhomme.

Il confia l'ordinateur au service technique en leur demandant de le désosser puis décida de prendre son après-midi, ce qui signifiait rentrer chez lui à 18:00 tant il était excédé.

Le rapport d'analyse de l'ordinateur lui parvint le lendemain en fin de matinée.

Les informaticiens avaient dépouillé le disque dur ainsi que l'historique de navigation.

La première trouvaille était la présence sur l'ordinateur d'un logiciel de cryptage symétrique et asymétrique open source : Open SSL. Le service expliquait, en note, que ce logiciel, gratuit et disponible sans contrat commercial par téléchargement libre sur le site du projet open source, servait à coder un message par une clé publique fournie par un tiers qui reste seul capable d'ouvrir les messages émis par ses correspondants, dans l'hypothèse d'un chiffrage asymétrique. Si Florent avait fait usage d'une la clé complexe de 1024 bits voire 2048 bits, du type de ceux utilisés en mode RSA renforcé, elle serait, indiquaient les experts, très longue à casser mais cela restait faisable grâce au supercalculateur du service assuraient les 'techos', c'était la bonne nouvelle. La mauvaise nouvelle, c'était qu'ils n'avaient trouvé aucun fichier encrypté sur l'ordinateur de Florent donc cela signifiait qu'il émettait des messages codé mais n'en recevait pas ou alors qu'il les avait détruit après ouverture sans conserver aucune copie locale sur son ordinateur.

Florent avait en effet nettoyé son disque dur en lançant un programme de défragmentation, qui avait effacé des fichiers conservés en cache et supprimés plusieurs registres, toutes manipulations qui dénotait une maîtrise de l'informatique supérieure à celle d'un adolescent lambda. Le nettoyage de son ordinateur avant sa cavale en Syrie avait été faite dans les règles de l'art, selon les experts du service.

Florent avait pourtant négligé d'effacer une clé USB, retrouvée au fond d'une poche de la sacoche d'ordinateur. La clé contenait un fichier non lisible car crypté. Le service technique avait essayé de casser par diverses astuces mais en vain la clé d'encryptage et concluait « clé costaude probablement du 2038 bits ». L'utilisation de la 'force brute', consistant à tester des millions de combinaisons, restait, en l'absence de connaissance de la clé, la seule solution, précisait le service en rappelant qu'il fallait faire une demande spécifique par la voie hiérarchique car le cassage de codes complexes consommait beaucoup de ressources informatiques et devait être absolument prioritaire car pénalisant les autres utilisateurs malgré la puissance de la bécane de la DGSI.

L'historique de navigation avait été également soigneusement effacé mais le fournisseur de service communiqua les données de connexion depuis septembre. L'adresse de nombreux sites de propagande islamistes ressortait : le site d'Inspire et celui de al Hayat, notamment, les mêmes sites que ceux consultés par Marie. L'adresse d'un serveur Tor ressortait souvent indiquant que Florent Lomme envoyait des messages, probablement encryptés, via la passerelle d'anonymisation des adresses IP vers des destinataires inconnus, un excès de précaution qui ne pouvait être celui d'une recrue islamiste sans responsabilités.

Malik était convaincu, non seulement que Florent était bien le Bisounours de Marie, mais également qu'il était un cadre de la structure dormante de Dah'ech en France, le probable recruteur de Marie, peut-être plus encore.

Une adresse IP ressortait de la journalisation communiquée par le fournisseur d'accès. Chaque semaine, le vendredi, et à la même heure, dix-sept heures, Florent avait reçu un message émis par une adresse internet désignant un cybercafé du quartier de la gare de Lille. Des instructions ? Une simple revue de presse islamiste comme il en circule des centaines ? Peu plausible, avec cet excès de précautions pour rester cachés.

Malik demanda à Facebook de lui fournir les éventuels comptes utilisateurs crées à partir de l'adresse internet du café. Les menaces d'attentat encore accrues de Dah'ech en Europe et aux Etats-Unis avaient rendu l'éditeur américain beaucoup plus réactif. La réponse lui parvint dès l'après-midi.

Bingo ! Un compte avait été ouvert au nom de 'Tafik ben Tafik' le 10 août.

Malik se connecta au profil Facebook de Tafik ben Tafik avec le frisson du chasseur qui va faire se lever un faisan sous ses pieds.

C'était bien la photo de Florent qui s'afficha sur le mur Facebook, un Florent avec une barbe naissante, coiffé d'un keffieh, une kalachnikov en main devant un décor de maison détruite. « Prise de Kobané ! » affirmait le texte joint à la photographie, datée du 20 novembre 2014. Kobané n'était pas tombé ce jour là, fut la réflexion de Malik. Le compte était assez peu actif. Quelques coupés/collés de la propagande de Dah'ech jusqu'au début décembre puis, plus rien, sauf ces messages, reçus d'un correspondant mystérieux directement via internet, arrivant à date fixe, le vendredi, un peu après dix sept heures. Les posts diffusaient, sans commentaires, des url renvoyant à des vidéos publiées sur le site d'al-Hayat. Un post du 1er novembre pointait l'url de la vidéo du viol postée sur Facebook !

Les posts cessaient le 10 décembre. Le correspondant avait-il disparu ou Florent avait-il été enlevé de la liste de diffusion suite à son départ en pays de Cham ?

Malik lança ensuite une recherche sur d'éventuels Tafik ben Tafik présents dans la base de la DGSI. Une réponse lui parvint : « Tafik ben Tafik, déclaré mort au combat dans la bataille de Kobané, le 10 décembre 2014, par le blog du djihadiste français Joseph Gruson ».

Voilà pourquoi, Florent avait été enlevé de la liste de diffusion, ce qui dénotait, au passage, une remarquable organisation de la diffusion de la propagande de Dah'ech.

Florent mort, il allait être très difficile de retrouver la trace de Marie.

Restait la mise en surveillance du cybercafé et la recherche de la clé publique de cryptage.

Se mettre en planque dans le café était trop aléatoire. Faire poser un système d'écoute et de vidéo dans le café était trop risqué en cas de complicité du patron. Le service écoutes de la DGSI de contenta donc d'installer une caméra miniature, dissimulée sur l'abri bus faisant face au café, en la faisant poser, de nuit, par une équipe déguisée en équipe de nettoyage Decaux.

La planque pouvait fournir des images de suspects, en particulier celle d'un suspect venant à l'horaire régulier au café mais ne fournirait pas la clé des messages émis par Florent. L'arrestation d'un suspect restait aléatoire car il refuserait certainement de livrer la clé or cela sonnerait le tocsin dans le réseau d'agents de Dah'ech. Mieux valait donc se mettre en planque silencieuse comme un sous-marin nucléaire tapi au fond des abysses.

Le service informatique installa à distance des logiciels mouchards sur les ordinateurs du cybercafé ainsi qu'une écoute par dérivation sur l'adresse IP du café. Les logiciels récupéraient les frappes des textes directement sur les claviers avant encryptage éventuel.

Malik dépouilla systématiquement, sur les dernières semaines, à partir des relevés de l'opérateur internet, tous les échanges, reçus et émis du café chaque vendredi à dix sept heures, heure qui était celle relevée des messages cryptés sur la machine de Florent.

Le mystérieux correspondant recevait des mails cryptés d'une adresse IP que le service informatique ne réussit pas à tracer car l'adresse d'origine avait été anonymisée par le serveur Tor. Mettre une boucle d'écoute sans se faire remarquer était autrement plus long que d'installer une backdoor sur les PC du cybercafé. Malik n'aurait aucun résultat avant plusieurs semaines. Au mieux raisonna Malik, le service lui fournirait l'adresse IP d'expédition mais cette adresse avait toute chance d'être celle d'un PC installé en Syrie ou en Irak sous un nom d'emprunt dont il serait très compliqué de dévoiler la véritable identité. Cette adresse pouvait aussi bien être celle d'un autre cybercafé voire d'une administration ou d'une entreprise dont il serait quasiment impossible de tracer l'utilisateur dans des pays en guerre où les opérateurs téléphoniques étaient autrement moins fiables que leurs homologues occidentaux. Les messages étant certainement envoyés en mode crypté, on en revenait à la nécessité de découvrir la clé publique.

Malik savait qu'il existait deux modes de cryptage possible : le mode symétrique, où une clé identique, connue de l'expéditeur et du destinataire permet de chiffrer un message et de le rendre illisible par autrui, et le mode asymétrique, où un agent, maître des échanges, envoie à son(ses) correspondant(s) une clé 'publique' leur permettant de chiffrer les messages à lui envoyés mais qu'il est seul à pouvoir ouvrir grâce à une clé 'privée' solidaire de la clé publique mais impossible à découvrir à partir de la clé publique.

Donc si les terroristes utilisaient un cryptage asymétrique, sauf à avoir la clé privée de l'expéditeur, ce qui était presque impossible il serait impossible à la DGSI de décoder les messages.

Le seul espoir était que Dah'ech ait utilisé un cryptage symétrique. Malik estima que, malgré sa moins grande solidité, l'organisation islamiste avait peut-être recouru au cryptage symétrique car plus simple de diffusion et surtout, cela permettait un échange crypté dans les deux sens : les agents dormants pouvaient ouvrir les fichiers reçus et envoyer des fichiers en mode cryptés. Le mode symétrique se prêtait à des échanges bi-univoques entre deux ou plus de correspondants.

Mais si l'intuition de Malik était valable, la clé d'encryptage des messages ne devait pas circuler en clair sur le réseau; elle était plus probablement indiquée dans un message crypté avec un processus de renouvellement périodique des clés, si la sécurité était correctement gérée, ce dont ne doutait guère Malik vu la sophistication des pratiques informatiques découvertes. Dah'ech disposait manifestement d'experts informatiques excellents qui diffusaient des guides opératoires complets sur les procédés pour anonymiser les mails, échapper à la surveillance sur Twitter, supprimer la géolocalisation de leurs échanges et autres techniques d'échanges clandestins.

Pourtant, se demanda Malik, comment donner aux nouveaux convertis la première clé sans la faire circuler en clair sur le net ? Une remise manuelle ou postale était exclue, donc la clé circulait nécessairement à un moment donné en clair sur la toile. Mais comment ?

Malik compulsa à nouveau les messages reçus par Florent sur son compte islamiste. En vain. La litanie de la propagande de Dah'ech ne comportait aucune phrase occulte qui ressemblât à un message de service de l'administrateur de sécurité de Dah'ech.

Malik consulta l'heure sur son ordinateur : 22:35, déjà. Il allait éteindre son PC pour rentrer dormir sur cette interrogation quand un détail lui revint : Florent avait été rendu destinataire de la vidéo montrant Marie sans aucune forme de commentaire, comme si Florent était sur une liste de distribution. Pourquoi un autre djihadiste lui avait-il adressé cette vidéo alors qu'elle était rejetée depuis officiellement par Dah'ech et qu'aucune autre organisation ne l'avait revendiquée ? Surtout, sans aucun commentaire, comme une revue de presse, mais avec un seul article et surtout, pourquoi justement le vendredi à 17:00 comme la routine des autres échanges avec le correspondant du cybercafé.
Malik était convaincu que cette chronologie n'était pas le fruit du hasard. La vidéo de Marie comportait un message, une information occulte mais laquelle ? Le

service image et audio de la DGSI avait analysé de fond en fond les images sans rien trouver. C'était donc que le message était en clair mais où ?

Minuit était passé. Malik rentra dormir quelques heures après avoir pris un RV pour le lendemain avec le spécialiste de cryptographie de la DGSI.

Le spécialiste de cryptologie de la DGSI était un certain Paul Algo, un ancien hacker, d'une vingtaine d'années aux cheveux trop longs, qui après avoir joué à ouvrir les sites de l'administration, pour poster des messages anarchistes, avait troqué son impunité contre un contrat rémunéré de free lance avec la DGSI. C'était le gourou du cryptage de la DGSI. Il s'amusait plus dorénavant, de son propre aveu, à piéger les apprentis hackers qu'à hacker lui-même. « Et en plus on me paye pour cela ! » formula-t-il rigolard en accueillant Malik puis devint professionnel.

« Bon, c'est quoi votre problème ? »

Malik lui exposa son hypothèse d'une clé publique contenue dans la vidéo en clair en lui précisant le nom du logiciel open source de cryptage utilisé et en lui tendant la clé USB contenant le fichier encrypté découverts sur le PC de Florent.

« Pas con, l'idée d'utiliser un logiciel open source, surtout que c'est un bon logiciel et impossible de repérer le download au milieu des milliers de téléchargements gratuits. Voyons, ce que nous dit cette clé... » commenta le geek.

Une série sans signification de 0 et de 1 s'afficha sur l'écran. Le geek, sifflotant comme un artisan joyeux, lança quelques logiciels pour donner un sens à cette série de bits. Son sifflotement cessa au bout d'une dizaine de minutes.

Il rendit la clé USB à Malik en disant :

« Je confirme l'avis des collègues ; codage costaud, du 2048 bits au minimum. Sauf à avoir au moins la clé publique, rien à en tirer sauf à passer le fichier au marteau piqueur de la force brute. Quelques heures de Mips et on peut espérer, je dis bien espérer, casser le code. »

« Mon hypothèse est que la clé est présente, en clair, dans cette vidéo » expliqua Malik en tendant une seconde clé contenant la vidéo ainsi que le rapport d'analyse du service vidéo de la DGSI. Paul Algo lut attentivement le rapport, puis lança la vidéo.

« Bon, ce n'est pas aussi bien que Yasmine, si vous voulez mon avis… » blagua-t-il.

Devant le regard froid de Malik, il se reprit et saisit un papier où il écrivit en parlant.

« La vidéo ne contient pas de chiffres en clair dans le contenu image ou vidéo.

Nous avons la date de la vidéo 01/11/2014. Mathématiquement, je ne vois pas comment générer une clé à 2048 bits avec cette série de chiffres. 11 est bien un nombre premier mais 1 et 2014 n'en sont pas, donc une factorisation ne donnerait rien » expliqua-t-il à Malik qui ce comprenait couic à ces arcanes.

Nous avons le numéro de la sourate et du verset. 4 et 15. 4 puissances 15 donne : 1073741824. Essayons de voir ce que cela donne en utilisant le logiciel open source. »

Le jeune homme entra 1073741824 pour générer une clé qu'il utilisa ensuite pour décoder le fichier.

« Nada. Quels autres chiffres avons-nous dans la vidéo ? Rien. Je cale; désolé. »

Malik eut alors une idée :

« Et si l'on calculait la valeur arithmétique du nom du verset… »

« La gématrie ? Bonne idée mais il faut que vous m'aidiez car je ne parle pas arabe. Ecrivez le mot arabe de la sourate en décomposant les lettres et notez la valeur à chaque lettre selon son rang dans l'alphabet arabe.

Malik écrivit le nom arabe de An'Nisa de la sourate An'Nisa : النساء, puis utilisant méthode ḥurūf ʾal-ǧumal, il indiqua pour chaque consonne, sa valeur dans l'alphabet arabe.

Le résultat était la série de nombre : 35711.

« L'arabe ne comporte que des consonnes. J'ai utilisé l'alphabet le plus usité, expliqua Malik.

« Parfait ! Il ya plusieurs nombres premiers, c'est encourageant. Testons ce nombre » commenta le spécialiste entrant les chiffres dans le logiciel qui calcula une clé complexe.

En moins de deux minutes, la série de 0 et de 1 fut convertie grâce à cette clé.
« Bingo !! Ca marche ! » s'exclama le hacker, joyeux comme un gamin, en tendant l'impression du message décodé à Malik :

' *Garder Maryam en vie sous la surveillance de Abd al-Rahman* '

Malik frémit à la lecture de ce message car le sens du choix de la sourate de la vidéo lui apparût alors comme un funeste présage : '*... confinez ces femmes dans vos maisons jusqu'à ce que la mort les rappelle ...*'.

Rien ne garantissait que Marie fût encore en vie, le fichier datant du 21 octobre donc de plus de deux mois. Il fallait maintenant trouver le lieu de détention et, avec un peu d'espoir, le mystérieux correspondant du cybercafé pouvait les y conduire.

32 - Le café du Point Du Jour

Compte tenu de la sophistication du mode de diffusion d'ordres à un réseau potentiel d'agents dormants de Dah'ech en France, la DGSI mit à la disposition de Malik de grands moyens. Un renfort de gendarmes du GIGN fut caserné à Marcq-en-Barœul dans la perspective d'un assaut pour libérer Marie.

Le cybercafé du Point Du Jour fut mis sous surveillance vidéo, 24 heures sur 24, par la caméra installée dans l'abribus lui faisant face. Un micro directionnel fut installé également pour récupérer les éventuels propos échangés devant le café car il s'avéra presque impossible de capter des paroles audibles à travers les vitres du café dans le bruit des conversations et d'un flipper.

Les espions électroniques installés sur les ordinateurs du café, eux, parlaient. La DGSI recevait l'intégralité des messages tapés sur les claviers, les adresses mails et IP des correspondants. Le service triait les données chalutées. La DGSI transmit à ses collègues de la Brigade des Stup les coordonnées de quelques dealers imprudents qui prenaient leurs commandes sur internet par messages codés, un adolescent en fugue fut également signalé au service des personnes disparues. Du menu fretin.

Malik monta à Lille le jeudi matin 17 décembre, pour organiser la nasse autour du café et alla planquer dés quinze heures, le vendredi 18, dans la camionnette banalisée postée à une centaine de mètres du café.

Un jeune lieutenant du service Action de la DGSI qui avait conservé une allure d'étudiant vint s'installer dans le cybercafé, derrière un PC, et démarra, les écouteurs aux oreilles, branchés sur ses collègues en planque dans la rue, une partie de Assassin's Creed en réseau avec un collègue du siège. Ils étaient convenus d'un code simple pour transmettre par messages écrit les informations sur ce qui se passait dans le café. Les mots d'usage du jeu vidéo signifieraient ici : suspect en vue, ne pas intervenir, intervenir... Une micro-caméra dissimulée dans ses lunettes de faux myope filmait tandis qu'il enregistrait les bruits du café à partir de son portable. Il avait dissimulé son pistolet de service sous son blouson délavé à capuche. Il serait le sous-marin en veille silencieuse.

Le dispositif était en place. Les policiers attendaient l'arrivée du surnommé Abd al-Rahman dont on n'avait aucune photo.

Chacune des personnes, entrant et sortant du bar ce vendredi, fut photographiée de la camionnette, l'immatriculation des voitures et mobylettes dûment relevée. Un collègue de la DGSI recevait les informations au fil de l'eau et recherchait les données présentes dans les bases de la police. Un ou deux petits délinquants, une prostituée, rien d'intéressant jusqu'à 16:30.

A 16:30, un jeune homme, caucasien notèrent les policiers, entra dans le café. Il serra la main du patron comme un habitué. Celui-ci lui demanda :

« Un panaché comme d'hab' ? »

« Ouais, merci » répondit le jeune homme qui, sans y paraître, parcourut d'un regard circulaire le café pour évaluer qui était présent.

Trois habitués tapaient le carton autour de momies. Deux des cinq PC du cybercafé étaient occupés. Une jeune femme que l'inconnu contourna, son panaché à la main, pour aller s'installer sur le PC installé le dos au mur, consultait des annonces d'emploi sur le site de Pôle emploi. Le jeune type devait jouer à un jeu vidéo à en juger par les cris et bruits sortant de ses écouteurs et de brusques passages d'ombres et de lumière sur son écran. Il était rivé sur sa partie, absorbé par la bagarre virtuelle.

Le pseudo joueur avait pourtant tourné le regard un instant vers le nouveau venu quand il s'était avancé du bar, sans interrompre sa partie. « Game over ! » avait-il tapé sur la boite d'échanges avec son collègue et supposé cyber ennemi. C'était le code pour annoncer l'arrivée d'un suspect.

L'image de l'inconnu s'afficha sur l'écran du PC devant lequel Malik était installé dans le 'sous-marin'. Le téléobjectif de l'appareil photo de l'abribus avait saisi au passage un visage de trois quarts. La caméra dissimulé dans les lunettes fournissait un visage de face mais mal éclairé. Les deux images furent envoyées au service Image de la DGSI. Son collègue du siège lui envoya, en moins d'une minute, un message indiquant : « Identification faciale : aucun résultat ».

L'homme était inconnu des services de police. Il allait donc falloir attendre d'exploiter son trafic internet. Le policier gamer avait tapé un message précisant le numéro du PC devant lequel le suspect s'était installé. Impossible de regarder son écran par dessus son épaule car les PC étaient installés tête-bêche. L'inconnu prenait son temps. Il but une gorgée de sa boisson pour se donner le temps de refaire une dernière inspection des personnes présentes dans le café.

Malik tourna son regard vers le second écran qui recopiait l'écran du PC de l'inconnu. L'écran était toujours en veille.

L'inconnu sortit de sa poche une clé USB qu'il enficha dans le port du PC puis il fit un reset du PC en mode commande pour prendre le contrôle de la machine et lancer le système d'exploitation à partir de la clé USB et non du disque dur de l'ordinateur. L'inconnu avait transformé le PC du cybercafé en PC zombie, n'utilisant que la connexion IP du café mais ne laissant aucune trace de son activité sur le système local de l'ordinateur, en particulier aucunes données de navigation internet.

Malik craignit un instant que la manœuvre de by-pass de l'OS préinstallé sur la machine ne shunte le programme espion de la DGSI mais le programme espion était installé à la racine du boot système, directement sur le driver du clavier et la DGSI conserva la vue de toutes les étapes du reboot du système.

Le système d'exploitation chargé sur la clé USB utilisée pour gérer la machine était un noyau open source Linux et le navigateur Firefox. L'internaute tapa l'adresse du serveur Tor et une fois sur la passerelle Tor, il entra l'adresse d'un compte Facebook ouvert au nom d'Abd al-Rahman.

C'était lui !

Malik tapa, à l'intention de son collègue dans le café, sur son clavier sur le forum d'échanges Assassin's Creed installée entre les agents de la DGSI : « on ne bouge pas ».

Malik avait en effet décidé de ne procéder à l'arrestation du suspect qu'en cas de fuite car l'objectif était de récupérer d'éventuels échanges relatifs à Dah'ech et à Marie, en utilisant si nécessaire la clé découverte dans la vidéo pour décrypter les messages, et d'avoir, en tout état de cause, suffisamment de preuves pour une éventuelle inculpation.

L'inconnu lança un programme à partir de sa clé : un programme de cryptographie identique à celui installé sur le PC de Florent ! Cela signifiait qu'il allait, soit ouvrir un message codé reçu sur sa boite aux lettres Facebook, soit émettre un message crypté.

Le surnommé Abd al-Rahman consulta sa boite de messages Facebook. Un post indiquait une adresse url de manière laconique. Il recopia le lien de la mémoire de travail du PC donc effacée lors de la déconnexion du PC, vers la clé USB, et se reconnecta via Firefox sur le serveur Tor.

« Décidément, il était très prudent » pensa Malik mais le terroriste ignorait que la DGSSI regardait par dessus son épaule grâce au logiciel espion.

Le service Google drive proposa à l'inconnu le téléchargement d'un fichier.

« Habile, l'usage systématique des serveurs Facebook ou Google drive de stockage en mode Cloud. Impossible pour les fournisseurs de service de détecter les fichiers délictueux dans les pétaoctets des serveurs, sauf à agir sur signalement. Le terroriste appliquait en informatique le bon vieux principe qu'on n'est jamais aussi bien caché que dans la foule » comprit Malik.

Le suspect choisit le codage au format open source .odt et récupéra le fichier qu'il supprima ensuite du serveur. La DGSI récupéra la copie du fichier et lança la traduction en clair avec le logiciel et la clé de la vidéo. La puissante machine de la DGSI restitua le résultat quelques secondes avant le calcul par le PC :

« Action Foire de Lille : 20/12 ».

Un attentat se préparait pour frapper lors de la Foire de Lille le surlendemain, un dimanche, à la veille des fêtes de Noël, un jour de grande affluence ! Des milliers de spectateurs, dont des centaines d'enfants, venaient se réjouir au spectacle des manèges. Une explosion au milieu de la foule pouvait faire un carnage.

« On ne bouge pas ! » ordonna pourtant Malik car il leur fallait en savoir plus sur les complices de Abd al-Rahman. Malik espérait également encore un indice au sujet de Marie.

Le terroriste ouvrit la page de création de messages à crypter dans le logiciel et tapa une adresse mail sur un serveur de la poste.net. « Près de quatre millions d'adresses, un service bien français, pas sot » pensa Malik. Il y était aussi rapide et anonyme de s'y créer une adresse internet que sur Google mail et on échappait plus facilement aux grandes oreilles de la NSA, sauf à imaginer, ce qui n'était pas une hypothèse absurde, que la NSA n'aient installé des renifleurs sur les serveurs de la Poste, sans prévenir leurs homologues français.

Le message s'afficha en clair au fur et à mesure que Abd al-Rahman le frappait sur le clavier :
« *Eliminer M. 19/12. RV ce soir 19:00* »

Les terroristes avaient décidé de frapper au cœur de Lille et de se débarrasser de Marie, probablement pour pouvoir faire sauter un engin explosif sans laisser de témoins derrière eux. Il convoquait son complice, le possible tueur, le soir même.

Malik disposait de quelques heures pour identifier le correspondant d'Abd al-Rahman et sauver Marie tout en déjouant l'attentat. Ordonner l'arrestation immédiate du terroriste pouvait déclencher une alerte conduisant à la mort anticipée de Marie sans empêcher l'attentat qui pouvait être perpétré par des complices d'Abd al-Rahman. Rien ne permettait de savoir s'il devait agir seul ou avec un ou plusieurs complices.

« On le balise ! » écrivit Malik à son collègue, le faux gamer. Il fallait agir tout de suite car le suspect allait probablement quitter le café rapidement et il serait très compliqué de le filer dans la petite rue peu passante.

Le policier de la DGSI présent dans le bar se leva d'un pas mou et alla commander un café au zinc.

Abd al-Rahman ferma la session internet de l'ordinateur, récupéra sa clé USB qu'il remit dans la poche de son jean et redémarra le système d'exploitation préinstallé du PC. Ensuite, il se livra méthodiquement au nettoyage des registres de la machine pour effacer toute trace de son activité sur l'ordinateur. Ayant fini son ménage, il se leva et se dirigea vers la sortie.

L'officier de police, pseudo gamer, s'était adossé négligemment au bar, sirotant son mauvais café et gênant la sortie du terroriste. Celui-ci du le contourner pour saisir la poignée bec de canard de la porte fenêtre du caboulot. Se détournant comme pour lui céder le passage, le policier effleura brièvement Abd al-Rahman et, dans le mouvement d'évitement des deux corps, il posa une minuscule puce électronique sur le revers de sa manche. La puce, dissimulée dans un tissu scratch sombre, semblait un accroc sur la manche du terroriste.

Le système de repérage GPS de la voiture banalisée de la police se cala sur la balise collée sur le terroriste. Malik vit apparaître un point clignotant sur une carte à grande échelle de Marcq-en-Barœul. Le terroriste eut un rapide regard derrière lui pour s'assurer qu'il n'était pas suivi, puis prit la première rue à droite. Malik ordonna au chauffeur de le suivre à quelques centaines de mètres, hors de vue.

33 - Libération de Marie

Abd al-Rahman parcourut plusieurs rues, faisant mine de regarder les affiches d'un abribus, pour détecter une éventuelle filoche. Il entra également dans une porte cochère dont il ressortit au bout de cinq minutes. Puis, semble-t-il, rassuré, il prit son portable et eut une brève conversation. La voiture de filature passa sans s'arrêter devant lui mais ne put prendre une vidéo pour tenter de lire sur ses lèvres. Abd al-Rahman monta alors sur une mobylette garée là et sortit de Marcq-en-Barœul pour emprunter la Nationale 356 en direction de Lille. Il traversa Lille pour prendre la Départementale 917 et sortir à Ronchin. Au bout d'une vingtaine de minutes, il s'arrêta rue Lachant devant un immeuble de cinq étages. La carte indiquait qu'il s'agissait de logements HLM. Après avoir cadenassé sa mob' à un lampadaire, il disparut dans l'immeuble HLM.

Malik jugeant qu'il allait rejoindre un complice prévenu par téléphone au départ de Marcq-en-Barœul et qu'ils allaient peut-être éliminer immédiatement Marie. Il était devant un dilemme : faire intervenir immédiatement l'équipe du GIGN pour sauver Marie ou prendre le risque de la laisser assassiner pour garder la filature active et identifier les complices du projet d'attentat !

Il était le chef de l'opération; il devait décider tout de suite et maintenant.

Risquer une mort dans l'espoir d'en sauver plusieurs dizaines voire plus.

Rapidement, Malik enleva ses écouteurs, mit une oreillette reliée à un micro à son col, défit la sécurité de son arme de service qu'il remit dans son holster, et sortit de la camionnette en disant au commandant du GIGN : « Je fais une reconnaissance. N'intervenez que sur mon ordre ou si vous entendez des coups de feu ».

Le commandant du GIGN fit une grimace. Voir un flic bureaucrate jouer les Rambo, était idiot mais il répondit en soldat : « Bien reçu, à vos ordres. »

Malik se dirigea à pas tranquilles vers l'immeuble au cas où un complice aurait fait le guet. Il entra dans l'immeuble. Plutôt propre, réhabilité récemment. Pas de concierge. Une trentaine de boites aux lettres dans le hall de ciment décoré d'une frise de carreaux en mosaïque. Impossible de parcourir les cinq étages pour écouter aux portes d'autant d'au moins vingt logements.

Une intuition fit choisir à Malik la porte des caves. S'il devait planquer un prisonnier, c'était le lieu le plus propice et on pouvait dissuader par des menaces les locataires de trop s'y promener en y entretenant des petits trafics.

Malik ouvrit sans bruit la porte et se glissa silencieusement dans l'escalier de service. Le ciment froid des escaliers respirait la poussière et le fuel. Les caves étaient disposées en coursives à angles droit. Le bruit de la chaudière couvrait les pas de Malik. Il progressait le dos au mur, l'arme au poing. Arrivé à l'angle le plus éloigné de l'escalier, il entendit une conversation entre deux hommes. Tendant l'oreille, il réussit à comprendre leurs paroles.

« Tu te débarrasses d'elle demain matin, tu as compris. Pas maintenant. Je t'ai emmené un sac à viande pour l'emballer. Tu la laisses là et puis tu viens me rejoindre à 10:00 demain matin au café Le Chti' à côté du Champ de Mars. J'aurais laissé la mobylette piégée juste avant. On aura une demi-heure pour rejoindre l'aéroport de Lesquin pour le vol Istanbul de 11:45. On est préenregistrés. La bombe doit sauter à 12:00. Avec un peu de chances on verra le nuage de l'explosion de l'avion en passant au dessus de Lille. Ce soir, tu peux encore t'amuser avec ta femme et lui dire adieu. Elle pue vraiment trop à mon goût, je te la laisse. »

Malik décida de s'esquiver le plus rapidement possible des caves. Procéder à l'arrestation immédiatement serait prématuré. Il fallait récupérer l'explosif qui n'était peut-être pas dans la cave. D'ailleurs rien n'assurait que Marie était bien dans la cave. C'était hautement probable mais pas certain. La cave était peut-être simplement un lieu de rendez-vous entre les deux terroristes.

Il allait falloir filer séparément puis arrêter simultanément les deux suspects mais que se passerait-il si le deuxième homme revenait tuer Marie tôt le matin et était convenu d'appeler ensuite Abd al-Rahman avant leur rendez-vous pour confirmer la mort de Marie ?

Malik voulut faire un sms à l'équipe pour lui dire de rester en retrait mais constata, alors, que son téléphone ne portait plus, compte tenu de l'épaisseur du béton.

Malik recula donc, à la recherche du réseau téléphonique, dans le couloir, l'arme toujours dirigée vers la cave où était peut-être détenue Marie. Il s'apprêtait à rejoindre l'allée ouvrant sur l'escalier quand il entendit plusieurs types descendre en parlant fort les escaliers.

Malik se rencoigna en urgence, à l'angle de la travée, coincé, piégé.

Les types ouvrirent une cave située entre Malik et l'escalier, entrèrent dedans et poursuivirent une conversation animée où il était question de shit. Des revendeurs, évalua Malik. Au moins trois gars, peut-être armés. Malik pouvait les surprendre et les mettre en joue mais les terroristes allaient ressortir bientôt ! Malik était pris en tenaille ; il fallait qu'il sorte du passage.

Il consulta son portable qui affichait faiblement une barre.

Malik tapa sur son portable un texto : « Filez Abd al-Rahman et complice sans moi. Coincé dans la cave. Pas d'intervention. »

La voiture de filature transmit la consigne au car du GIGN qui stationnait à un bloc de maisons.

Malik espérait pouvoir se dissimuler dans une cave et guetter la sortie du complice d'Abd al-Rahman. Les deux hommes sortiraient probablement séparément par précaution.

Malik tata les cadenas des portes. Aucune ne cédait. Il dut remonter l'allée en direction de la cave où conversaient les deux djihadistes. Par chance, une porte de cave était défoncée et Malik put se glisser dans la cave d'où il put observer le couloir à travers les planches désunies.

Il attendait depuis une dizaine de minutes quand il vit passer Abd al-Rahman qui ne l'aperçut pas. Malik retint son souffle et avertit par un sms l'équipe de filature. Abd al-Rahman avait tourné l'angle de la coursive quand Malik entendit le cri d'une femme et le bruit d'une claque. Sans se donner le temps de la réflexion, il s'élança dans la direction de la cave. Il donna un grand coup d'épaule dans la porte de sapin qui céda avec un craquement.

Un homme se tenait de dos devant une femme à moitié nue les bras attachés en arrière à la tête d'un lit à barreaux de fer. La femme était bâillonnée mais l'homme avait du, par maladresse, libérer son bandeau par ses coups. C'était Marie ! Malik ordonna : « Police ! Les mains en l'air ! ».

L'inconnu se tourna avec un calme surprenant vers le policier dont il regarda sans émotion l'arme pointée. Sans hésiter, il se saisit dans sa poche d'un couteau à lame courte et crantée, du type commando, et se précipita sur Malik qui instinctivement fit feu en se jetant de côté pour éviter la botte du terroriste qui s'écroula.

Le bruit de la détonation, répercutée par les parois étroites de la cave, assourdit un instant Malik. Des cris, ceux des petits malfrats de la cave se firent entendre. Sans attendre leur reste, ils fuyaient bousculant Abd al-Rahman dans les escaliers.

Le coup de feu n'avait pas été entendu par l'équipe, le téléphone de Malik était à nouveau hors de portée du réseau.

La sortie paniquée de quatre jeunes de la cave alerta l'équipe. Le capitaine du GIGN envoya un message de renfort immédiat à l'équipe de gendarmes dont le van se gara en faisant hurler ses pneus devant l'entrée de l'immeuble coupant la retraite d'Abd al-Rahman.

Abd al-Rahman, voyant le car, rentra dans le hall de l'immeuble et s'élança dans les escaliers menant aux étages supérieurs. De sa sacoche, portée en bandoulière, il avait sorti un pistolet automatique. L'équipe du GIGN investit l'immeuble, une partie remontant dans les escaliers, le reste se précipitant dans les caves. Un sniper se posta derrière la camionnette pour surveiller la façade et le toit.

Une volée de tirs accueillit les éclaireurs. Abd al-Rahman tirait sur ses poursuivants par dessus la rambarde de l'escalier. Les gendarmes répondirent avec leurs armes automatiques. Quand ils atteignirent le dernier étage, Abd al-Rahman avait disparu. Une échelle métallique ouvrait sur le toit. Le sniper mit en joue Abd al-Rahman qui se tenait sur le toit, l'arme à la main.

Le commandant du GIGN demanda avec un porte-voix au terroriste de se rendre. Les habitants de l'HLM étaient aux fenêtres. Ayant entendu la cavalcade dans les escaliers, ils avaient ouvert puis refermé prudemment leurs portes. Des jeunes du quartier prévenus par la sirène intempestive d'une voiture de police, tenus à distance, insultaient les 'keufs' et faisaient des selfies avec le fourgon du GIGN en arrière-plan.

Abd al-Rahman sembla réfléchir puis prendre une résolution. Il s'avança vers le vide et portant son pistolet à la tempe, il cria « Allahu Akbar ! » tira et tomba du haut des cinq étages.

Les jeunes qui avaient filmé la scène en vidéo sur leurs portables commentaient trivialement ce dénouement digne d'un thriller américain.

Malik apparut à la porte de l'immeuble. Derrière lui, deux gendarmes portaient, sur un brancard de fortune formé d'une couverture militaire, Marie Seclin.

34 - Débriefing de Marie

Marie Seclin fut prise en charge par le Samu de Lille. Transportée aux urgences, les médecins firent un check-up complet de la jeune fille. Une psychologue envoyée de la PJ de Paris, spécialisée dans les traumatismes post enlèvements, fut à son chevet dans la journée.

La jeune fille avait été violée à plusieurs reprises. Des traces de coups marquaient son corps. Elle était amaigrie et déshydratée par sa détention mais sa santé n'était pas en danger. Les tests sanguins ne révélèrent aucune infection du VIH ou autre MST. Elle était très sale, n'ayant pas pu se laver pendant sa détention. Les policiers recueillirent toutes les traces d'ADN sur ses vêtements et photographièrent son corps minutieusement pour relever les traces de coups. Marie put enfin être lavée et vêtue d'une blouse en papier de l'hôpital.

Un agent fut mis en faction devant l'entrée de sa chambre pour la protéger d'une éventuelle tentative d'élimination.

Le service d'enquête criminelle de Lille inspecta les caves de l'HLM de Ronchin. Outre un stock de cigarettes de contrebande et des doses de shit dans la cave des dealers, ils découvrirent une cave contiguë à celle où avait été enfermée Marie qui contenait un explosif, de la plastrite, analysa le laboratoire, probablement provenant du dépôt du 43e régiment d'infanterie de Lille, cambriolé trois mois auparavant. Il aurait suffi à Abd al-Rahman de déclencher à distance, par un simple téléphone portable ou un détonateur à horloge, l'explosion du plastic mélangé à des boulons, bourré dans les sacoches montées sur la mobylette, pour faire un carnage.

Le risque d'attentat à la Foire de Lille était écarté mais le ministre décida de doubler les patrouilles Vigipirate sans ordonner que la foire fût déprogrammée pour ne pas provoquer de psychose. La priorité était l'identification et l'arrestation d'éventuels complices des deux terroristes morts pendant l'assaut et sur le débriefing de Marie.

Le téléphone trouvé sur Abd al-Rahman ne parla pas. Il avait été volé, débloqué et muni d'une carte SIM prépayée déclarée sous un faux nom. Le jeune homme n'était pas fiché. Aucune famille n'avait déclaré sa disparition. Le genre de criminel le plus difficile à traquer. Un avis à témoins avec sa photo prise lors de la planque fut diffusé sans succès aux commissariats du Nord-Pas de Calais. Malik envisageait de faire publier sur les réseaux sociaux la photographie comme celle d'un jeune djihadiste français arrêté par la police pour faire un appel muet à témoins quand la mobylette parla.

La mobylette avait été volée. Elle n'avait pas d'immatriculation compte tenu de sa cylindrée de moins de 50 cm cube mais elle était de marque Motobécane, d'un modèle 88 LC ancien, maintenant peu répandu. Le dépouillement systématique des déclarations de vol permit d'identifier le propriétaire. L'engin avait été volé à Loos. Une enquête de proximité dans le quartier permit d'identifier quelques caméras de surveillance dont l'une conservait l'image d'Abd al-Rahman sur le vélomoteur volé. Le service suivit à la trace du terroriste, d'une caméra à l'autre, jusqu'à le perdre à l'entrée d'un quartier pavillonnaire de Hellemes. La police, interrogeant les propriétaires des pavillons en montrant la photo du terroriste, réussirent à localiser son logement. Abd al-Rahman sous-louait une chambre chez une vieille dame qui le croyait étudiant. Il payait son loyer en argent liquide ce qui les arrangeait tous les deux, déclara-t-elle sans détours. La police força la porte de l'appartement et trouva, cachée dans une boite de spéculoos, plusieurs cartes d'identité nationale, dont une authentique, au nom de Francis Hem.

L'enquête révéla qu'il avait été élève dans la même classe que Florent Lomme alias Pagny, le recruteur de Marie. Enfant de la DASS, il avait quitté sa famille d'accueil, dés ses dix-huit ans, sans donner de nouvelles. La DGSI récupéra son numéro de téléphone personnel, différent de celui qu'il utilisait pour ses échanges avec le réseau Dah'ech. Il ne l'avait plus utilisé depuis la mi-octobre, date à laquelle il s'était installé en clandestinité, louant sous un nom d'emprunt, la chambre chez la retraitée. Le dépouillement de la facturette de la carte SIM prépayée fournit trois numéros : celui de Florent et celui de deux inconnus. Le second numéro était celui du complice tué dans la cave qui se révéla s'appeler Enzo Louvil. Le troisième numéro de téléphone appartenait à un jeune lillois, un certain Joseph Gruson, déclaré parti en octobre rejoindre Dah'ech comme Florent. Celui-là même qui avait annoncé la mort de Florent sur son blog.

L'enquête révéla qu'Enzo Louvil, un petit délinquant de vingt-cinq ans, s'était à sa sortie de prison, converti très publiquement à l'Islam en janvier 2011 à la Mosquée Al Iman de Lille. Ayant pris le nom de Ali Lequini, il s'était marié en février 2014 à une jeune marocaine. La jeune femme portait le niqab.

La comparaison de la main du cadavre avec la main de la vidéo confirma que le violeur était bien Enzo/Ali. Il portait une alliance par tradition occidentale, peu au fait de la proscription islamique des bijoux en or.

La vidéo avait très probablement filmée par Florent.

La Rolex devait être portée par Joseph, impossible de le confirmer.

Restait la question de l'accent qatari. La recherche conduite par la DGSI retrouva la trace de séjours de plusieurs mois d'Enzo Louvil au Qatar et en Turquie en 2012 et 2013. C'était là qu'il avait perfectionné son arabe, appris, pendant son séjour en prison, avec des DVD édités en Arabie Saoudite.

Le réseau lillois de Dah'ech semblait donc se limiter à quatre personnes : Francis Hem alias Abd al-Rahman, Enzo Louvil alias Ali Lesquinio, décédés lors de l'assaut de la cave, Florent Lomme alias Khaled ben Arich, déclaré décédé par Joseph Gruson alias Ali Maalouf, en fuite. La DGSI actualisa et compléta l'avis de recherche auprès d'Interpol émis au nom Joseph Gruson.

Malik conduisit lui-même le débriefing de Marie. Après quarante huit heures de remise d'aplomb, Marie était encore faible mais accepta de répondre à ses questions car il y avait urgence à repérer d'éventuels complices du quatuor identifié.

Marie avait refusé de voir ses parents que Malik avait prévenus de l'heureuse libération en leur demandant un silence absolu car la recherche d'éventuels complices n'était pas achevée et il ne voulait pas avoir la presse sur le dos. La psychologue jugeait préférable de lui laisser le temps de faire son deuil avant de l'affronter aux tendres reproches des parents.

L'interrogatoire de Marie se révéla tout autre que celui anticipé par Malik.

« Je n'ai pas été enlevée » débuta Marie.

« Je suis partie de chez moi, profitant de l'absence de ma mère, partie travailler, et de mon père, au café, comme tous les après-midi.

J'avais pris mon sac à dos et revêtu un hijab par respect pour Bisounours, enfin, pour Florent.

Florent et moi avions décidé de partir ensemble en Syrie. On devait partir le 24 octobre mais quand on s'est retrouvé, le 22, dans la cave de l'HLM de Ronchin, comme convenu, il m'a alors déclaré que les plans avaient changé. Il devait partir seul dès le lendemain à

Istanbul par un vol direct tandis que je transiterai par bus vers la Turquie, dés le lendemain, avec de faux papiers, accompagnée par Joseph. J'étais très déçue mais il m'expliqua que c'était plus prudent au cas où mes parents auraient déjà déclaré ma disparition à la PAF. Lui habitait toujours chez ses parents et le temps qu'ils constatent son départ, il serait déjà posé à Istanbul. Joseph aurait des faux papiers et voyagerait à quelques rangées de moi dans le car au cas où un contrôle de police éventuel tournait mal.

Je connaissais Joseph qui était présent ainsi que Enzo qui se faisait appeler Ali, mais je fis la connaissance de Francis lors de cette rencontre, le 24 octobre au soir.

Ensuite, Florent m'a annoncé qu'il fallait que je me marie avec Enzo, devenir sa seconde épouse car il aller devoir rester en France, continuer le combat mais il me promit qu'on se retrouverait en Syrie plus tard !

Je ne comprenais pas. J'étais amoureuse de Florent et il me donnait à un autre homme ! Florent m'expliqua que c'était une décision de l'émir pour s'assurer de ma soumission et de mon sens du sacrifice. Les femmes devaient se soumettre. Lui allait partir se battre et, il l'espérait, mourir en martyr. Moi, j'allais rejoindre les équipes de femmes en soutien des combattants. Etre déjà mariée en France me dispenserait d'un mariage en Syrie avec un combattant. Si je revenais vivante de Syrie un jour, je trouverai protection auprès d'Ali.

J'étais tellement déçue que j'ai pleuré et refusé d'épouser Ali.

Florent s'est mis alors en colère et m'a menacé de me tuer si je ne me soumettais pas. J'ai persisté dans mon refus. Alors il m'a giflé à toutes forces et m'a dit :

« Puisque tu ne veux pas épouser Ali en bonne musulmane tu seras son esclave sexuelle ! »

Ali m'a alors violé pendant que Joseph et Francis me tenaient les bras. Florent filmait la scène avec son téléphone portable.

Je suis coupable, je n'aurais jamais du refuser de me soumettre à la décision de l'émir. J'ai beaucoup déçu Florent ».

Marie s'effondra en larmes puis reprit :

« C'est de ma faute. Tout ce qui est arrivé est de ma faute. Par ma faute, Ali est mort. Francis aussi… Avez-vous des nouvelles de Florent ? Est-il encore en vie ? » demanda Marie en levant les yeux vers Malik.

Malik ne mentit pas et annonça la mort de Florent en Syrie publiée par Joseph sur son compte Facebook. Marie se figea en pleurs silencieuses. Malik se retira laissant la garde de Marie au médecin qui lui administra un calmant.

Malik comprit que la reconstruction de Marie allait être longue et difficile. Convertie, endoctrinée, souffrant d'un chagrin d'amour, subissant un syndrome de Stockholm, elle se vivait en coupable et non en victime.

Malik envoya son rapport à Morel sans l'appeler au téléphone pour lui donner la synthèse de l'interrogatoire.

Il prit ensuite une chambre à un hôtel deux étoiles à côté de la gare, envoya un sms laconique à son épouse pour annoncer qu'il rentrerait le lendemain, se lava longuement, et prit le cachet de somnifère demandé au médecin du service d'urgence. Il dormit quatre heures, toutes lumières allumée, gisant jusqu'à l'aube, se remémorant minute par minute, dix fois, vingt fois, les paroles de la jeune fille violée, se demandant ce qu'il aurait du faire autrement dans le cours de son enquête, puis il prit le premier Thalis, celui de 8:42 de Lille vers Paris, un sentiment d'échec aux tripes.

35 – Epilogue

Le Ministre de l'intérieur, informé par Paul Vralac, le Directeur de la DGSI, du démantèlement d'un réseau djihadiste à Lille, décida d'en faire la démonstration de l'efficacité de sa politique de lutte contre le Djihad. Le prurit médiatique reprit.

Le Ministre fit le 20 heures de Tf1.

Amirah Arhab, la journaliste d'Al Jazeera fit interviewer HLB qui ne savait pas refuser une tribune, aussi douteuse soit-elle. Des Diafoirus en islamologie pérorèrent dans les flashes d'information de France info et des journaux d'actualité en continu.

Tariq Ramadan annula, in extremis, une séance de dédicace de sa préface au livre de Yussuf Al-Qaradawi, le déchu prédicateur vedette d'AL Jazeera, organisée par l'Institut du Monde arabe.

L'hypocrisie battait son plein.

Malik avait pris les deux jours de congés ordonnés plus qu'octroyés par Morel pour décompresser. Le Directeur avait envoyé un mot, mi-figue mi-raisin, à Malik et Morel, les félicitant d'avoir déjoué un attentat mais regrettant la mort des deux terroristes qu'il serait impossible de faire parler. Chacun au sein de la DGSI savait que le terrorisme est une hydre dont on doit couper toutes les têtes pour l'abattre et le recrutement de dizaines de nouveaux Haschichins, comme les appelait Malik, par référence au terme persan désignant la secte des Nizârites, les gens du fondement de la foi, et du mot arabe désignant ceux qui fument du haschich, d'où est dérivé le mot français assassins.

Mis au repos d'office par le capitaine Morel, il restait chez lui, prostré dans son canapé, perdant partie sur parties sur la console de jeux de son fils, le corps épuisé, l'esprit vide, les doigts trop lents pour échapper aux ennemis virtuels du jeu vidéo.

Le Ministre avait parlé de « victoire mais la guerre contre les islamistes de Dah'ech continue ». Il tenait sous silence que le risque majeur viendrait des combattants rentrés, vaincus, mais non tués au combat, de Syrie et d'Irak, endurcis encore par l'épreuve des batailles et voulant venger leurs camarades morts.

Le téléphone de Malik sonna. Le nom de Christina Tenckro s'afficha. Malik ne répondit pas.

Il demanda à son épouse de ne pas mettre les actualités télévisées pendant le dîner du soir mais son fils, entrant dans la pièce, crut bien faire en allumant la télévision. Un journaliste expliquait que « selon le journal Les Echos, la vente de Rafale au Qatar était en bonne voie et que le ministre de la Défense faisait une mission en ce moment même à Doha ». Les affaires continuaient.

Malik pensa à la famille Lomme, solitaire dans sa morgue de riches qui cachent leurs sentiments. Florent ne serait plus jamais là à Noël, enterré dans une fosse commune ou disparu dans le trou d'un missile tiré par la coalition internationale ou d'un baril d'explosif largué par un hélicoptère de l'armée de Bachar al Assad, on ne le saurait jamais. Objet de propagande pour le martyrologe islamiste, c'est certain.

Marie avait demandé à entrer dans un service de psychiatrie pour suivre un traitement. Les parents Seclin seraient seuls également pour les fêtes.

Le 24 décembre, Malik proposa à son fils Omar d'aller patiner sur la place de l'Hôtel de Ville de Paris. Le ciel glacé était d'un bleu si pur, le soleil miroitait sur la glace. Omar, ravi de cette sortie avec son père, lui faisait des coucous en glissant devant lui. Malik lui souriait, triste, pour lui, de ce monde de violence où il grandirait.

Glossaire

Termes arabes

Alaouites : groupe ethnique et religieux chiite issu du nord de la Syrie

as-salamou alaykoum : que le nom d'Allah soit sur vous, réponse au salut Salâm

Bled : pays d'origine

Hijab : voile islamique couvrant la tête

Allahu Akbar : « Dieu est plus Grand ».

Chahada : profession de foi musulmane

Cham : nom antique de la Syrie

Charia : loi islamique, droit musulman

Cheikh : sage, savant en connaissance coranique

Diwan : palais de l'émir du Qatar à Doha

Doha : capitale du Qatar

Djihad, jihad ou djihâd : « exercer une force », « s'efforcer » ou « tâcher », par extension, lutte, combat

Fatwa : avis juridique donné par un spécialiste de loi islamique

Gandoura : tunique longue sans manches et sans capuchon portée au Maghreb.

Habibi : ma chérie

Hadith : parole prononcée par le Prophète Mahomet

Inch'Allah : à la grâce de d'Allah

Kaaba : grande construction cuboïde au sein de la Mosquée sacrée à La Mecque

Keffieh ou kéfié : coiffe traditionnelle des paysans arabes

Kouffar : mécréants

Maryam : nom arabe de la mère de Jésus (Îsâ)

Niqab : voile intégral

Nusayrite : appellation péjorative désignant la communauté des Alaouites

Salam : littéralement 'paix', formule de salut

Taqiyya : art de tromper l'ennemi en changeant d'apparence

Uléma : docteur, savant, de la loi et de la foi islamique

Yazidi - Yézidi : groupe ethnique kurde, monothéiste issu

Mouvements islamistes

Al-Qaïda : la Base, fondé par le cheikh Abdullah Yusuf Azzam et Oussama ben Laden

AQPA/AQAP : Al-Qaïda dans la Péninsule Arabique (... Arabian Peninsula)

Dah'ech : acronyme arabe d'Etat islamique ISIS et EIL

Inspire : revue internet publiée par AQAP

ISIS : Islamic State of Iraq and Syria = EIL = Dah'ech

EIL : Etat Islamique en Irak et au Liban = ISIS

Acronymes

AMF : Association des Maires de France

CIA : Central Information Agency

CNIL : Commission Nationale Informatique et Libertés

DGA : Direction Générale à l'Armement

NSA : National Security Agency

DCSSI : direction centrale de la sécurité des systèmes d'information

DDSI : direction départementale de la sécurité intérieure

DGSI : direction générale de la sécurité intérieure

Interpol : organisation internationale de coopération policière

Mossad : service de renseignement israélien

OPJ : Officier de Police Judiciaire

PAF : Police de l'Air et des Frontières

SACD : Société des Auteurs et Compositeurs Dramatiques

UOIF : Union des Organisations Islamiques de France

Termes techniques

Backdoor : accès caché à un ordinateur

Boot : racine, début, du programme de gestion de l'ordinateur

Big data : données massives

By-pass : évitement, contournement

Chat : Internet Relay Chat : protocole de communication textuelle sur Internet, bavardage via internet

Chiffrement ou cryptage : procédé rendant la compréhension d'un document impossible à toute personne qui n'a pas la clé de (dé)chiffrement.

Cloud : stockage à distance

Darknet : VPN utilisé pour dissimuler des échanges internet aux autorités gouvernementales

Dump : vidage par copie de fichiers

Flops : unité de mesure de la vitesse d'un ordinateur

Hoax : canular véhiculé sur internet i

IP : internet provider

Pétaflop : 10 puissance 15 Flops ~ 400 000 PC

Tera Flops : 10 puissance 12 Flops

HD : Haute Définition

IM : Instant Messaging de type sms ou Twitter

OS : operating system, système d'exploitation

Proxy : programme et/ou matériel permettant l'accès à Internet

Reset : redémarrage

Shunter : court-circuiter

Tor : The Onion Router : réseau informatique superposé mondial et décentralisé de type Darknet

Url : Uniform Resource Locator, adresse réticulaire ou adresse universelle = adresse web,

VPN : Virtual Private Network : réseau d'échanges internet entre utilisateurs désignés

Zombie : ordinateur pris en main à distance par un hacker

Sommaire

1 - Vidéo porno islamiste

2 - Le capitaine Morel

3 - Les parents Seclin

4 - Le Lycée Kernanec

5 - Le Grand frère

6 - e-Djihad

7 - Conversion islamique

8 - Barnum médiatique

9 - Les élus locaux s'en mêlent

10 - eTV

11- Realpolitik

12 – Al Jazeera

13 - Prix de l'Arc de Triomphe

14 - La danse des sept voiles

15 - Facebook

16 - Les people et les belles âmes

17 - Paul Vralac

18 - La piste syrienne

19 - La piste qatarie

20 - La mondaine

21 - Salons de massage et réseaux de call girls

22 - Tentative d'intimidation

23 - Christina

24 - e-infiltration

25 - Les gros bras

26 - Retour dans le plat pays

27 - Kevin

28 - Communiqué de Dah'ech

29 - Femen

30 - Le fils de famille de famille de Lambersart

31 - La clé cachée

32 - Le café du Point Du Jour

33 - Libération de Marie

34 - Débriefing de Marie

35 – Epilogue

Glossaire